역사를 찾아가는 절집여행

산사의 주련 2

산사의 주련 2

역사를 찾아가는 절집여행

 글 · 한민 / 사진 양희우 · 한민

청년정신

부족한 글을 세상에 보내며 쓰는 글

부담없이 쓰던 글이 책이라는 물건으로 묶이게 되니 다시금 두렵다. 소심한 탓인가.

불교에 대한 지식이 얕고 천박한 터에 주련으로 쓰여 매달린 게송이나 부처님 말씀들에 대해 입을 연다는 게 어불성설임을 잘 아는 탓이다. 고도의 깨달음에서 토해낸 시구에 대해 평범한 중생이 어찌 입을 열 수 있을 건가. 하긴 그만한 앎을 지니고 깨달아 눈을 떴다 하여도 본디 시나 경전은 해석되고 분석되는 대상이 아니기도 하다. 불판에 올라 있는 고기가 더 이상 소나 돼지가 아닌 것처럼. 하여, 주련은 번역하여 소개하는 정도에서 그치기로 하였다.

따라서 이 책은 불교 책으로선 턱에도 닿지 않을 것이며 어쩌면 얼치기 여행서가 될 것이었다. 한편으론 절집을 여행하면서 그 곳과 인연이 닿아 있는 역사 이야기를 해보자는 생각이 들었더랬다. 물론 사람마다 하나의 현상을 두고도 생각들이 갈라지는 법이어서 이런 유의 글이 때로 논란이 될 수도 있으리라 저어되고, 본디 앎이 거칠고 얕아

머뭇거려지기도 했었다.

편하게 마음을 고쳐먹었다. 이를테면 절집을 여행하면서 들었던 한 생각 쯤으로 치부한다면, 그래서 그런 넋두리에 대해 고개를 끄덕여주는 이들이 있다면 그 또한 존재할 만한 이유가 되지 않겠는가 싶었다. 나처럼 평범한 사람들과 생각을 나누고 이야기를 나누고 싶다는 소박한 마음이었던 게다.

하여 역사는 우리네 평범한 사람들이 만드는 것이며, 때론 진리조차 평범한 이들로부터 나오는 것이라 믿으며 부끄러운 글을 세상에 보낼 용기를 냈다.

주련의 번역은 불교진흥원에서 펴낸《한국사찰의 편액과 주련》등에 대부분 기댔으며, 그 외에도 많은 이들에게 글 빚을 지었다.

부디 읽어주신 모든 분들께 부처님의 가피가 있기를……

2010년 5월 한민.

부소산 고란사

부여 부소산에 있는 사찰. 창건 연대는 백제 말기로 추정되지만 자세한 기록은 전하지 않는다. 곁에 있는 낙화암과 더불어 부여를 찾는 사람들의 순례 코스 중 하나로 사랑받고 있으며 대웅전 뒤쪽 바위틈에서 자라는 고란초와 약수터로 널리 알려져 있다.

본래 백제 임금을 위해 지은 정자 혹은 궁중 내불전이었다는 설이 있으며, 낙화암에서 뛰어내린 궁녀들의 넋을 위로하기 위해 고려 현종 때 지은 사찰이라는 설도 있다.

절집에서 내려다보이는 금강(백마강)과 부여의 풍경이 눈 맛을 시원하게 해주는 곳이다.

꽃은 떨어지고

신음이 높다.

현실은 고단하고 미래는 암울하다.

불을 피해 흩어지는 산짐승처럼 이리 뛰고 저리 달려도 길이 보이지 않는다. 캄캄한 어둠의 시대. 횃불을 들어 길을 밝혀주는 사표師表도 세상 살아나갈 용기를 돋아줄 초인도 스러진 시대. 한 점 희망조차무너진, 일컬어 절망의 시대요, 무릎꿇은 땅이다.

꽃샘추위에 움츠린 소읍의 거리엔 바람이 불었다. 사진기가 매달린 오른쪽 어깨는 자꾸 하늘로 치켜 올라갔고, 길 위엔 사람이 적었다. 백제 성왕이 위풍당당한 모습으로 버티고 앉은 사거리쯤에선 푸른 머리칼로 엎드린 부소산이 올려다 보였다.

산으로 오르는 길에는 벚꽃이 피었고, 개나리가 한창이었다. 길은한적했고, 연약한 햇살이 소나무 가지를 뚫고 들어와 고운 황톳길 위로 쏟아져 내렸고, 우~우 바람소리가 몰려왔고, 저벅저벅 산책하는사람들이 떼 지어 내려왔다. 그렇게 걸었다, 꿈속인 것처럼.

부유하는 환영인 양 가끔씩 할머니가, 할아버지가, 아주머니가, 아저씨가 곁을 스쳤다. 내게 있어 이 길은 현실과 과거가 뒤섞인 백일몽의 한 장면이었던 셈. 마음이 풀어졌다. 아비규환 세상도, 꽃샘추위도 멀어졌다.

돌이켜 보면 절집 가는 길들이 늘 그러하기는 하였으되 어쩌면 부소산 고란사 가는 길에서는 조금쯤 더 숙연해져야 할 것도 같았다. 꽃 진 자리였으니, 이 길의 끝에서 삼천궁녀가 몸 던져 목숨 끊었다니, 한 처녀의 한만으로도 오뉴월에 서리 맺히는 법이거늘 자그마치 삼천의 꽃다운 처녀들 한이 맺혔다는 곳이니….

백화정百花亭. 강물로부터 몸을 세워 올라오는 바람이 뾰족하다. 붉은 꽃잎을 펼친 진달래가 바르르 떤다. 꽃피는 계절, 꽃 떨어진 곳에 내가 서 있다. 어항이 깨지면 물고기의 운명 또한 한 가지로 부서지는 법, 나라가 망했으니 어찌 살기를 바랄까. 분홍치마 뒤집어 쓰고 아득한 강물로 꽃잎처럼 졌다고 했다. 한바탕 바람에 벚꽃이 쏟아져 흩어지듯 삼 천 꽃들이 그렇게 져 갔다 했다.

하긴, 전설일 뿐이라고도 했다. 삼천궁녀, 그저 패망한 군주를 모함하고자 승자가 조작해낸 잡설이라고도 했다. 사실 많은 사람들이 몸을 던진 곳이라고 하기에 그곳은 지나치게 비좁고, 당시 부여의 인구나 왕궁의 터로 견주어 본다고 해도 삼천궁녀는 턱없는 과장일 게다. 허나 하나의 목숨이라고 가볍다 하고 삼 천의 목숨이라고 하여 하나의 목숨보다 더 무겁다고 어찌 말할 수 있으랴. 한 사람의 목숨이 온 우주의 무게만큼 무거운 것이니.

하지만 그녀들의 죽음은 이미 멀다. 가엾고 불쌍한 마음 또한 세월이 흐르고 보면 녹어지는 법이 아니던가. 그저 망연히 강물만 내려다본다. 700년 왕업이 망하여 천 년 훌쩍 넘도록 흘렀어도 백마강은 예나 지금이나 말없이 흘러갈 뿐이다.

하기야 어디 산이며 강물이 인간사 생사 흥망에 관심을 둘 것인가. 그저 정자 기둥에 기대서서 바위 벼랑을 내려다보면, 보이는 건 유람선 꽃노래인데 들려오는 건 침략군의 바람 타는 깃발….

660년 6월 21일, 신라 태자 법민이 덕물도에서 소정방과 만나 7월 10일 사비성을 공격하기로 약조하다.

660년 7월 12일, 나당연합군이 사비성으로 진격하다.

660년 7월 13일, 왕과 태자가 웅진(공주)으로 도망치다.

660년 7월 14일, 사비성이 함락되다.

660년 7월 18일, 반격을 준비하던 왕이 웅진의 수비 장수 예식진의 배반으로 소정방에게 잡혀오다.

660년 7월 18일, 온조 임금이 창업한 이후 서른한 명의 임금을 거치면서 700년 가까이 이어져온 왕국이 마침내 멸망한다. 너무도 쉽게, 너무도 어이없이, 너무도 허망하게 무너진 왕국의 멸망기滅亡記. 아무리 돌이켜 생각하고 생각해봐도 이토록 무력하게 무너진 왕조를 들었던 적이 없으니 700년 세월이 한바탕 꿈이었을까.

한 시절을 호령하며 신라는 물론 고구려까지 떨게 했던 나라가 어찌 이리도 허망하게 멸문될 수 있었던 건지 도대체 의문이었어도 해답은 늘 한결같았더랬다. 삼천궁녀로 상징되는 의자왕의 황음무도荒淫無道. 성충과 흥수로 상징되는 충신들의 간언을 무시하고 간신배들의 농간에 휘둘렸다는 말들….

그랬을까. 그것이 진실이었을까. 백화정에 올라 강물을 내려다보노라니 문득 터무니없다. 어쩌면 의자왕은 턱없는 오명을 뒤집어썼을지도 모를 일이다. 패자로서 당연히 감수할 수밖에 없는.

의자왕. 마흔이 넘은 나이에 즉위하기까지 오래도록 태자로서 전쟁과 외교에 관여해 왔던 준비된 왕이었다. 효성이 깊고 형제간의 우애가 두터워서 해동증자로까지 불렸다. 군사적인 능력 또한 탁월해서 직접 군사를 이끌어 신라의 40여 성을 빼앗고, 김춘추의 딸과 사위를 죽음으로까지 몰아넣었던 왕이었다. 내치 또한 훌륭했다고 평가받던 왕이었다. 그토록 영명했던 왕이 한순간 변해서 충신들을 내치고 삼천궁녀를 끼고 앉아 놀자놀자 하다가 나라를 들어먹었다. 어설프다.

사실 백제의 멸망은 의자왕의 향락이나 폭정에서 찾기보다 왕권강화 과정에서 일어난 내부분열과 김유신의 회유에 넘어간 좌평 임자와 같은 배신자 그룹 그리고 당과 고구려 사이에 힘의 균형이 깨지면서 당이 신라와 연합하여 군대를 보낼 여유를 갖게 되었던 세력균형의 변화에서 찾아야 한다는 게 많은 사학자들의 의견이다. 이를 테면 의자왕이 당시 국가세력 사이의 힘의 이동에 대해 오판함으로써 외교적 실책을 범했다고 할 수 있겠다. 즉 고구려가 어느 정도 당을 견제를 해줄 것으로 예측했겠지만 이미 내부분열로 국력이 급격히 약해지고 있었고, 결국 아무런 역할도 하지 못했다는 게다.

그럼에도 일반은 물론이고 많은 역사가들조차 백제의 멸망을 단순히 왕의 사치와 향락, 폭정에서 찾는다. 어쩌면 이것은 학자로서의 직무의 유기일 게다. 하기야 어떤 왕조에서든 멸망의 원인을 마지막 왕의 향락과 폭정에서 찾곤 하는 것도 일종의 버릇은 아닐까?

꽃이 떨어졌다는 전설을 지닌 바위에 앉아, 왼쪽으로 혹은 오른쪽으로 고개를 돌려, 백마강 아니 금강을 바라보았다. 문득 생각하였다. '역사는 얼마나 쉽게 왜곡될 수 있는 것인가.' 현실의 여론이 구부러지듯 역사 또한 왜곡되어 기록되기 마련이지만 기록된 것들에 대한 사람들의 믿음이 맹목적인 만큼 잘못된 믿음을 고치는 건 거의 불가능에 가까울 게다. 의자왕 개인에게는 안타까운 일이겠으나 패망한 임금으로서 그 또한 숙명이 아니겠는가.

갑자기 장터인 것처럼 시끌하다. 소풍 나온 초등학교 꼬맹이들이다. 선생은 제 나름 열심히 설명하는데, 아이들의 눈망울은 사방으로 흩어지고 제비새끼마냥 재재거린다. 하기야 늘 현재를 사는 아이들에게 천 년 전 이야기가 무슨 재밋거리가 되겠는가.

고란사로 걸음을 딛는다. 한 걸음에 한 해씩 천 삼백 걸음이면 현실로 돌아와 절집에 닿을 수 있을까. 계단으로 이어진 비탈길을 내려가노라니 벼랑 아래 좁은 터를 깔고 앉은 절집이 옹색하다. 벼랑과 벼랑 사이에 제비집처럼 앉아 강물을 내려다보는 절집, 단출하다. 당우든 유물이든 눈여겨 볼만한 것은 드물다.

하지만 원효가 말하기를 첩첩한 청산이 모두 부처가 머무는 곳이요, 부처의 몸이라 했다. 비좁은 터와 누추한 법당만 보며 비루하다 볼 것 없다 투덜거릴 일은 아닌 게다.

건물 뒤쪽의 유명한 약수 한 모금을 마시고나서 아름다운 경치를 바라보며 고달픈 세상을 잠시 잊어보는 일도 좋을 것이고, 기둥에 매달린 주련을 가만가만 새겨보는 일 또한 나쁘지 않을 게다.

無我無人觀自在　무아무인관자재
勘破禪機摠是空　감파선기총시공
法花香散淸凉地　법화향산청량지
皓月光臨自在天　호월광림자재천
眞心寂靜渾無渾　진심적정혼무혼
非空匪色見如來　비공비색견여래
悟來大道無多事　오래대도무다사
妙相尊嚴培有光　묘상존엄배유광

나도 남도 없는 관자재보살이시여
감히 선기를 깨뜨리는 것이 다 공이다.
법향이 널리 퍼져 세상이 맑고 깨끗해지니
밝은 달은 자재천에서 빛나는구나.
참마음이 적정하여 탁함도 탁하지 않음도 없으니
공도 아니요 색도 아닌 여래를 본다.
깨닫고 보니 대도에는 많은 일이 없어
부처님 상의 후광만이 존엄하도다.

— 대웅전

　　출처가 모호한 주련의 내용은 여러 사람들이 관세음보살을 주제로
한 구절씩 지은 것으로 짐작된다. 주련 옆에 조그맣게 적힌 이름들을
볼 때 그러하였다. 나로서는 처음 보는 경우였는데, 생각해 보면 나들
이 삼아 절집을 찾던 벗들이 둘러앉아 한 구씩 시구를 나누었을지도

모를 일이었다. 옛사람들이 풍류를 즐기는 법이 대개 이러하였으니, 무릎을 마주하고 앉아 시구를 나누는 풍경은 생각만으로도 멋스럽지 않은가.

좁은 절 마당으로 아이들이 그득하다. 몇은 법당을 기웃거리고 혹은 강물을 내려다보고 혹은 무리지어 호호하하 웃는다. 참마음이 적정하면 청탁의 구별이 없고 공과 색을 넘어 부처의 경지에 이르는 것이라 하니, 멸망한 왕조에 대한 부질없는 감상조차 자리 잡을 틈 없는 아이들의 마음이 바로 부처는 아닐까.

생각을 이어가다 생각이 끊어진 곳에 이르면 여래를 본다 하였으나 온갖 사념이 꼬리를 물어 끊어질 줄 모른다. 해는 기울어 오히려 끊어진 것은 사람 그림자다. 마당으로 바람만 가득 들어찬다.

옷깃을 여미며 절집을 떠난다. 산성의 흔적을 구불구불 따라간다. 인적은 드물고 발바닥이 불처럼 뜨거워진다. 허기에 지치도록 길은 끝나지 않는다. 산채에 소곡주 한 잔이 그리워진다. 한 사발 취기로 가슴 뜨겁게 채우고 보면 패망한 왕조의 슬픔 또한 봄눈처럼 풀어지고 말 것이니… 인간사 모든 일이 한바탕 꿈속이라더라. 🐢

태화산 마곡사

마곡사가 앉은 자리는 대표적인 길지로 손꼽히는 곳이다. 643년 자장스님이 창건했다는 설과 840년 보조 체징스님이 창건했다는 설이 있다.

냇물을 사이에 두고 교화 가람지역과 수행 가람지역, 즉 북원과 남원으로 양분되어 있는 것이 큰 특징이다.

보물 제801호로 지정된 조선 중기의 건축물인 대웅보전, 보물 제802호로 지정된 대광보전, 보물 제800호로 지정된 영산전, 사천왕문, 해탈문 등의 전각들이 제각기 자리 잡아 짜임새 있는 풍경을 이루며, 5층 석탑(보물 제799호), 범종(지방유형문화재 제62호), 괘불 1폭, 목패, 세조가 타던 연, 청동 향로(지방유형문화재 제20호) 등의 문화재가 있다.

어느 테러리스트에 대한 단상

1895년 10월 8일, 한 떼의 일본 낭인들이 칼을 휘두르며 경복궁 옥호루玉壺樓에 뛰어든다. 을미사변. 한 나라의 왕비가 칼에 맞고 불태워졌다. 원통한 마음에 가슴을 쥐어뜯고 이를 악무는 조선 사람들이 어디 하나 둘이었으랴, 삼천리 곳곳에서 죽창을 들고 일어서는 사람들이 많았다.

그해 가을 겨울이 가고 해가 바뀌었을 때, 동학에 몸담아 혁명을 꿈꾸던 성질머리 우직한 한 사내가 황해도 안악 땅에 있었다. 김 씨 성에 아명은 창엄, 본명은 창수, 개명하여 구九, 호를 일컬어 백범이라 했다. 그는 묵묵히 불의한 시절을 외면한 채 소를 몰아 쟁기질이나 할 사내가 아니었다. 열아홉 나이에 동학 교주 최시형으로부터 접주 첩지까지 받았던 피 뜨거운 사내였다.

그리고 또 한 사내가 있었다. 일본군 중위 쓰시다. 그는 불운했다. 침략 제국의 헌병장교로 조선 땅에 있었고, 정의감과 혈기를 억누를 수 없었던 스물 한 살의 조선 사내와 마주쳤고, 죽었다. 1896년 3월 9일이었다.

수없이 많은 연으로 엮여야 현생의 인연으로 짜인다는데, 전생의 어떤 만남이 그들을 조선 황해도 땅에서 마주치게 하였던 것일까. 두 줄기 운명이 엇갈리는 동안 한 사내는 죽었고, 한 사내는 옥에 갇혀 내일을 장담할 수 없게 되었으니, 모질고 모진 악연이었던 게다

백범은 인천 감옥으로 옮겨졌고, 교수형을 선고받았다. 나라는 망해 가건만 할 수 있는 일은 감옥에 앉아 죽음을 기다리는 일뿐이었다. 젊은 가슴에 무슨 생각들이 오고 갔을까. 목숨이 끊어지고 나면 인간사 은원 또한 부질없는 것, 후회스러웠을까? 한 놈의 왜적이라도 더 없애지 못하고 죽어야 하는 운명을 원통하게 생각했을까?

하지만 사내는 그렇게 허망하게 스러져 한낱 먼지로 흩어질 운명이 아니었다. 교수형이 집행될 바로 그 순간, 고종이 재가를 거부하면서 겨우 목숨을 잇게 된 게다. 그리고 1898년 3월, 그는 감옥 담장을 넘는다. 파란만장한 삶의 길이 그의 앞으로 펼쳐진 셈이지만, 그해 가을 그에겐 또 다른 인연이 닿게 된다. 삼남을 헤매던 도망자의 발걸음이 태화산 마곡사로 들었던 게다.

마곡사, 태백산맥에서 갈라져 서해 비인만까지 달려가는 차령산맥의 품에 안겨 천년의 이야기를 이어왔던 절집. 서기 640년 당나라에서 돌아온 자장 율사가 창건한 이래로 충남 지역 70여 사찰을 거느린 천년대찰이었다. 여러 차례 화재를 만나 맥이 끊겼다가 고려 중기에 이르러서야 보조국사 지눌에 의해 중건되었는데, 족히 일이 백 년은 도둑떼가 주인노릇을 했다던가. 잡풀 무성한 절터에 지눌 스님이 중창한 이후 하나씩 둘씩 불사가 이루어져 규모가 지금의 두 배가 넘는 대가람을 이루었다고 했다. 규모의 크고 작음이 수행하는 이들에게 무슨 소용이 있겠는가마는 아마도 그 시절이 마곡사의 전성기는 아니었을까?

하지만 생겨난 모든 것들은 본디 소멸을 품는 법. 임진왜란에 대부분 불타 없어졌다가 1650년(효종 1년) 주지 각순의 노력으로 옛 모습을 찾기 시작한 것도 잠깐이었고 1782년(정조 6년) 대화재로 영산전과 대웅전을 제외한 일 천 칸이 넘는 건물들이 잿더미가 되었다고 했다. 대광보전이 재건된 것이 6년 뒤인 1788년이 되어서였고, 다른 전각들이 하나 둘 세워지면서 지금의 아름다운 가람의 모습을 이룩하였으니 나고 죽는 사람의 운명이나 절집의 운명이나 별로 다르지 않다.

식당들이 밀집한 주차장을 벗어나 구불구불 태화천과 어깨를 겯고 걷는다. '춘 마곡 추 갑사'라는 말이 유명하지만 아직은 때가 일러 나무들도 추위를 탄다. 겨우내 꽁꽁 얼어붙었던 냇물이 녹아 흘러도 진눈깨비는 오락가락했고, 차가운 바람이 사방으로 휩쓸어가니 마음마저 잔뜩 오므라든다.

어쩌면 낙엽이 쏟아져 흩날리던 이 길을 걸어가면서 백범 또한 그러하지 않았을까. 뼈가 시리도록 추위를 타지는 않았을까. 어쩔거나, 망해가는 이 나라를 어찌 할거나, 울분과 절망으로 찢어지는 가슴을 쥐어뜯으며 비틀비틀 이 길을 가지는 않았을까. 강도 일본을 쫓아낼 아무런 힘도 가지지 못한 한낱 도망자로서, 절망과 좌절감이 그로 하여금 머리를 깎게 했던 건 아니었을까.

그렇게 옛사람과 허위허위 걷노라니 일주문이다. 일심一心, 신성한 가람에 들어서기 전에 세속의 번뇌를 불법의 청량수로 말끔히 씻고 한 마음으로 정진하여 진리의 세계로 나아가라는 가르침. 백범의 그 한 마음은 나라의 독립이라 했다. 두 마음도 독립이었고, 세 마음도 독립이랬다. 백 개의 마음이 있다고 해도 그에게 다른 마음이 있었을까.

계곡 건너 대웅보전이 있는 북원의 뒤통수와 옆구리를 보며 길게 돌아들어간다. 독특하다. 계곡을 두고 남과 북으로 나누어앉은 절의 품새가 색달라 보이지만 처음부터 북원과 남원이 한꺼번에 이루어지지 않았음을 이로부터 알게 된다.

건축가 김봉렬 선생은 이렇게 썼다.

개울의 남쪽에는 영산전을 중심으로 한 가람이, 북쪽으로는 대광보전 중심의 가람이 별도로 형성돼 있다. 그러나 유심히 보면 북쪽 가람의 영역은 개울의 북쪽만이 아니라 남쪽 영산전 영역의 일부를 포함하고 있음을 알 수 있다. 다시 말해서 영산전 영역 앞에 있는 해탈문과 천왕문은 북쪽 가람에 속하는 전각들이고 이 문들은 개울 건너 북쪽 가람과 관계를 맺는다. 개울에 의해 분리되었으면서도 공간적으로는 연속된 절묘한 구성인 것이다.

그는 또한 말하기를, "마곡사는 불리한 지형을 오히려 창의적인 건축 공간으로 바꾸어 놓았다. 누구인지 알 수는 없지만 그 위대한 건축가에게 경의를 표한다"고도 하였다.

오래도록 기억에 남을 가람 배치이지만 건축과 미학에 대한 소견이 얕아 차마 말을 지어 보탤 수는 없다. 그저 작지 않은 가람의 규모에도 불구하고 번잡스럽거나 요란하지 않아 고즈넉한 느낌으로 가슴에 들어왔을 뿐이다.

영산전. 비어 있는 안마당에 진눈깨비가 쏟아진다. 인적은 끊어지

고, 묵직한 적요다. 주인은 보이지 않고 털신과 흰 고무신만 댓돌에 가지런히 놓였다.

툇마루에 앉는다. 오래된 건물이 풍기는 알 수 없는 포스를 뿜으며 전각은 진눈깨비를 맞으며 서 있고, 미닫이문 너머에 펼쳐진 어둠 속에서 천불千佛 그림자가 일렁인다. 영산은 영축산의 준말. 영산전은 부처님이 〈법화경〉을 설법하던 영축산 성지를 상징하는 전각이다. 건축 양식이며 예술성에 대해서야 짧은 안목으로 번다하게 덧보탤 일도 없어, 가만히 비를 피하며 석가의 일생을 짚어보노라니 흘려보낸 삶이 구차하여 숨을 곳이 없다. 사람의 일생이란 게 망망대해에서 거품 하나 일어났다 스러짐에 불과하건만 온갖 욕망과 번뇌에 사로잡혀 한시도 한가로울 틈이 없었으니 어리석지 않은가. 삼독에서도 어리석음의 죄가 무겁다 하였는데, 나는 어리석은 꿈에서 깨어날 줄 모른다.

空生大覺中 공생대각중
有漏微塵國 유루미진국
皆依空所生 개의공소생
如海一漚發 여해일구발
漚滅空本無 구멸공본무
況復諸三有 황부제삼유

공은 대각에서 생겨나지만
완전히 번뇌를 없애지는 못하니
이는 모두 공이라는 것이 생기는 탓이다.

마치 바다의 거품 하나 일어남이니
거품 멸하면 공은 본래 없는 것,
삼계 또한 이와 다를 바 없느니라.

번뇌와 망상의 그물을 벗어던지라는 해탈문을 지나고 천왕문을 지나면 북원의 부처님 세상. 대광보전을 거쳐 대웅보전을 만나니 절집의 앉음새가 한눈에 잡힌다. 한 무리 이국의 불자들이 스님의 안내로 우르르 몰려간다. 나 또한 한 바퀴 휘휘 돌아 백범이 머물렀다는 작은 집 문간에 머문다. 날씨는 험상궂어 쌀쌀했어도 턱밑에 다가온 봄기운은 어쩔 수 없어 이곳저곳 꽃은 피고, 백범이 심은 한그루 나무 또한 여전히 푸르렀다.

'돌아와 세상을 보니 흡사 꿈속의 일 같구나.'

집 앞의 향나무는 조국의 해방 한 가지 생각으로 치열하게 한 세상을 건너왔던 백범이 이곳에 다시 찾아왔을 때, 대웅보전의 주련 한 줄을 보고 심었다 한다.

봄이 오고 여름이 오고 가을이 오고 또 겨울이 와도 늘 푸른 뜻 한 가지로 서있는 나무. 백범의 몸은 갔어도 백범의 정신처럼 늘 푸른 자태로 마곡사 뜰을 지키는 나무. 민족반역자 안두희의 흉탄에 '하나의 민족'이란 순수했던 뜻을 접어야 했어도 불멸의 겨레사랑만큼은 세월을 거듭하여 이토록 푸르렀다.

동그란 뿔테 안경 속, 백범의 눈빛이 허공을 헤맨다. 그가 원했던 세상, 그의 꿈이었던 조국의 모습은 아득하다.

일제에 빌붙어 부를 쌓고 영화를 누리던 자들이 해방공간에서조차 척결되기는커녕 미군정을, 독재정권을 등에 업고 대대손손 부와 권력을 세습하는 역사, 민족반역자들이 반공 이데올로기를 무기로 애국자의 지위를 독점하는 기이한 아이러니… 이제 그들이 헌법에 명시된 임시정부의 정통성마저도 깨끗이 지워버리고 싶어하는 시대에 나는 백범의 사진을 보고 있다.

그는 알까, 자신이 테러리스트가 되었다는 사실을?

'뉴라이트'라는 사람들이 만들었다는 교과서에는 백범에 대해 쓰기를 '일본 상인을 군인으로 오인하여 살해하였고, 한인애국단을 조직해 항일테러활동을 시작하였다'고 적고 있다…. 일본교과서가 아니라 입만 열면 애국을 말하는 이들이 만든 교과서에서 백범을 '테러리스트'로 쓰고 있는 게다. 하기는 맞다. 사람을 죽였으니 테러다. 맞다, 일본이 조선을 삼킨 것은 수탈과 착취를 위함이 아니라 한심스런 조선을 안타깝게 여겨 근대문명을 전수해주기 위해서였고, 이승만이 자유민주주의를 이 땅에 심는 동안 김구는 분단을 막는다며 쓸데없는 협상이나 벌였던 게다.

겨우 50여 년 세월에 선생의 푸른 뜻 한 가지조차 이토록 무시당하고, 무화되니 선생은 무슨 영화를 누리시겠다고 이국을 떠돌며 풍찬노숙 하셨던가.

번뇌를 물리치고 세간을 돌아보노라니
모두가 꿈속의 일과 같구나.

꿈속에서 꿈 이야기를 하니 모두가 꿈이다. 어쩌면 선생은 너무 늦게 깨달으셨는지도 모를 일이다. 역사는 허망하고 인정은 덧없다.

淨極光通達　정극광통달
寂照含虛空　적조함허공
却來觀世間　각래관세간
猶如夢中事　유여몽중사
雖見諸根動　수견제근동
要以一機抽　요이일기추

깨달음의 광명이 통달하여
고요히 저 허공 다 비추네.
번뇌를 물리치고 세간을 돌아보노라니
모두가 꿈속의 일과 같구나.
비록 모든 근원의 움직임이 보일지라도
단번에 뽑아 버릴지니
— 대명광전

地藏大聖誓願力　지장대성서원력
無盡衆生放人間　무진중생방인간
十殿照律地獄空　십전조율지옥공
恒沙衆生出苦海　항사중생출고해

지장보살님의 크신 원력이여
끝없이 많은 중생을 세간에서 건지시고
시왕전 심판하여 지옥을 비우시며

항하사 같이 많은 중생 고해에서 구하시네.

— 명부전

塵墨劫前早成佛　진묵겁전조성불
爲度衆生現世間　위도중생현세간
巍巍德相月輪滿　외외덕상월륜만
於三界中作導師　어삼계중작도사

한없이 오랜 옛적에 이미 성불하여서
중생제도 위해 이 세상에 오시니
덕 높으신 부처님 상이 보름달처럼 원만하여
삼계 가운데 큰 스승이 되시네.

— 응진전

古佛未生前　고불미생전
凝然一相圓　응연일상원
釋迦猶未會　석가유미회
迦葉豈能傳　가섭기능전

本來非皂白　본래비조백
無短亦無長　무단역무장

부처님 나기 전에

의젓한 일원상

석가도 알지 못한다 했는데

어찌 가섭이 전하리.

본래 희지도 않고 검지도 않으며

짧지도 길지도 않으니라.

— 대웅보전

연화산 옥천사

경남 고성 연화산 북쪽 기슭에 자리한 사찰. 신라 문무왕 16년(676년)에 창건되었으며, 의상대사가 세운 화엄10찰 중 하나다. 한 때 도둑의 소굴로 쓰일 만큼 퇴락하였다가 조선후기에 크게 중창되어 340여 명이 상주하고 12개의 물레방아가 돌아갈 정도로 거찰이었다고 한다.

경내의 옥천샘은 사시사철 마르지 않고 일정한 수온을 유지하여 사람들이 많이 찾는다. 장복하면 위장병에 효험이 있다고 하는데, 이 샘으로 인해 절 이름을 옥천사라 하였다는 설이 있다.

연꽃 봉우리에 걸터앉아

진주라 팔백 리 길, 흰 비늘 반짝이며 느긋하게 흐르는 논개 남강을 건너 고성에 간다. 강물도 느리고 버스도 느리다. 큰 마을도 작은 동네도 차별 없이 서고 차별 없이 잇는다. 졸음 겨운 햇살 눈부셨던 오월의 봄날, 푸른 산과 푸른 들판과 푸른 바람과 푸른 사람들을 이어주며 시골 완행버스는 급할 것 없는 마음으로 그렇게 흘러간다.

오월은 산도 부풀고 들판도 부풀고 처녀의 마음까지 부푸는 계절, 온 누리가 연초록 바다. 검은 뼈다귀처럼 말라붙었던 가지 어디에 나무들은 저토록 싱그러운 잎들을 품고 있었던 것일까. 어떤 힘이 있어 저토록 초록을 몸 밖으로 밀어내게 하였을까. 청산이 곧 부처다.

느티나무 고목 옆에 버스가 선다. 몇 사람이 타고 몇 사람이 내린다. 나 또한 그들을 따라 내린다. 옥천사. 마을을 관통해 흘러가는 길 어디쯤 절집은 있을 것인데, 입구에 서 있는 한 쌍의 돌기둥엔 '入此門來莫存智解입차문래막존지해' 여덟 글자가 꽃잎처럼 붉다. 이 문을 들어서는 순간 알음알이를 버리라는, 무엇이 참이고 무엇이 거짓인지 분별하는 마음조차 버리라는 지엄한 가르침이다.

무엇을 가리켜 거짓이라 참이라 하는고.
참도 거짓도 모두 본래 진眞이 아니로다.
노을 날고 낙엽이 져 가을 얼굴 깨끗하니
예와 같은 청산에서 진리를 보네.

옥천사 '보장각'에 걸린 탄허 스님의 계송 또한 분별하는 마음을 버리라 이르시건만, 이 길을 따라 절집으로 갔던 모든 대중들은 알음알이를 내려놓았을까. 이 문 바로 너머에서 일상을 사는 마을 사람들 또한 그리하였을까. 아니 매일매일 들고 나는 이 돌기둥 앞에서 그런 생각을 떠올려 보기는 하였을까. 길가의 풀처럼 돌멩이처럼 나무처럼 그저 무심히 서 있는 생뚱맞은 돌기둥에 불과했던 건 아니었을까.

깨달은 자는 똥막대기에서조차 도를 보지만 마음이 닿지 않으면 돌기둥에 새겨진 지엄한 가르침이든 주련에 적힌 계송이든 무슨 소용일 것인가. 대체로 절집 주련을 찾아 읽는 일이 이러하지만 모든 건 가져다 쓰는 이에게 달렸음인 게다. 옥천사, 절집 가는 길이 아무리 호젓하고 아름답고 깊었어도 누구는 자리 펴고 앉아 소주병을 따고 누구는 고요한 숲의 불성佛性을 느끼는 것처럼.

옥천사에 닿게 된 것은 작은 우연이었다. 인연이 닿느라 그러하였을까. 말이야 거창하게 끄집어내지만 따지고 보면 착각에서 비롯된 일. 고려 말 절집 노비의 몸에서 태어난 한 승려의 이야기다. 창녕 인근의 옥천사玉川寺와 혼동을 일으켰던 것인데, 사실 한 절집 노비의 자식이 역신逆臣으로 몰려 참수형을 당한 뒤 그 절집은 곧 파괴되어 이미 세상에 없었던 게다.

이왕에 닿은 인연이니 들러보기로 했다. 옥천사, 절 이름 하나로 역사속의 미아가 된 이름을 떠올렸으니 그 또한 인연인 듯싶었다. 하여 그의 이야기를 해볼 수도 있을 거였다. 주류학계로부터 나라를 망친 요승으로 매도당하지만 백성의 편에 서서 구겨진 민초의 삶을 펴주고자 애썼던 한 개혁가의 이야기를 해볼 수도 있을 거였다. 그의 한과 억울함에 대해, 더하여 고금을 가림 없는 고단한 세상살이를 곰곰이 되짚어볼 수도 있을 거였다.

예나 지금이나 권력은 늘 가진 자들의 편. 달라지지 않았다. 껍데기는 변했을망정 본질은 한결 같았다. 어쩌면 내가 옥천사를 두고 착각했던 것처럼 대중들 또한 역사의 본질을 발전이라고 착각할 뿐. 임금에서 대통령으로 판서에서 장관으로, 권력자의 호칭이야 바뀌었을망정 강자가 약자의 주머니를 털어 제 잇속을 채우는 약육강식의 세상이 달라진 적이 있었던가. 제도가 바뀌고 사는 모양새가 달라졌어도 귀하고 천하고 부유하고 가난한 차별이 사라졌던가. 사람 위에 사람 없음을 부단히 말하고 혹은 믿고 싶어하지만, 안다. 사람 위에 사람 있다. 그건 인간세상의 숙명인 게다. 하여 수많은 혁명가들이, 개혁가들이 불의한 세상을 바꾸기 위해 목숨을 걸었어도 그들의 이름엔 늘 더러운 누명만 보태졌을 뿐인 게다.

여기에 또 하나의 더러운 이름이 있다. 법명은 편조, 퇴속하여 고친 이름이 돈旽이며, 호를 청한거사淸閑居士라 불렀던 사내.

신돈이 살았던 시대는 가렴주구의 아수라 지옥이었다. 원나라를 등에 업고 핵심 지배층이 된 한줌 권문세족들이 산과 강을 경계로 온 나라의 땅을 빼앗아 차지하였고, 그 땅에서 쫓겨난 양민들은 노비가 되어야 했던 세상. 탐관들은 둘째 치고 무소유를 실천해야 할 불교 또한 그들의 행태와 조금도 다르지 않았던 세상. 아침을 굶고 저녁을 건

너뛰는 삶을 이어가면서도 어느 곳 하나 기댈 곳이 없었던 세상. 백성의 배를 채워주고 등을 따습게 하는 게 정치의 요체건만 정치는 사라지고 흡혈귀들만 날뛰는 세상이었던 게다.

이인임, 임견미, 염흥방 등이 자신들이 거느리고 있는 나쁜 종들을 시켜 좋은 토지를 가진 사람이 있으면 모두 물푸레나무로 때리고 이를 빼앗게 하였다. 땅 주인이 비록 관가의 문권을 가지고 있더라도 감히 항변하지 못하였다. 그래서 사람들이 이것을 '물푸레나무 공문'이라 하였다.

요즈음 남방엔 흉년이 자주 들어
굶주린 백성 왕왕히 길가에 쓰러지는데
수령 중에 글자를 아는 자는 백에 두 셋뿐,
법을 업신여겨도 모른 척함을 장님 벙어리처럼 하네.
농부를 몰아다 해구(왜적)를 막게 하니,
도적의 칼날이 닿기 전에 먼저 흩어지누나.
대장은 막사에 앉아 악기를 타고,
소장은 땀 흘려 무기를 나르네.
권세가의 노비들은 잇달아 말 타고 와 땅을 빼앗고,
관은 밀린 세금 징수에 흉년을 고려하지 않네.
슬프다, 민생이 이 지경에 이르렀으니
뉘라서 우리 임금을 위하여 정무를 덜어줄까.
― 《고려사》 충렬왕 조

뉘라서? 그가 신돈이었다. 공민왕의 신임을 받아 등용된 신돈은 강력한 개혁가였다. 그는 권력을 잡자마자 거칠 것 없이 세상을 바꿔 나갔다. 석 달이 지나지 않아 대부분의 부패한 권문세족들을 조정에서 쫓아냈고 파당을 지어 이전투구 하던 문생들을 척결하였다. 사찰 또한 이런 개혁에서 벗어날 수 없었다. 그건 혁명이었다. 여섯 달이 지났을 때는 전민추정도감田民推整都監을 설치하여 불법으로 빼앗은 땅을 원래의 소유주에게 되돌려주었고, 억울하게 노비가 된 사람들을 해방시켰으며, 국가재정과 민생을 안정시켰다. 물처럼 평등한 세상을 만드는 꿈. 그랬다. 그의 개혁은 강력했고 거침없이 추진됐다. 쇠는 뜨거울 때 두드려야 하는 것처럼.

온 나라가 들끓었다. 좋아서 펄쩍펄쩍 뛰는 사람이 있었고, 두려움과 불만으로 제 가슴을 쥐어뜯으며 이를 가는 이들이 있었다. 땅을 빼앗긴 사람들은 다시 농사를 지어 자식의 입에 넣을 꿈에 부풀었고, 억울하게 노비가 된 사람들은 자유를 되찾을 희망에 부풀었다. 그는 천한 자들과 가난한 자들의 벗이었다. 기득권세력의 원수였다. 민중의 성인이었다. 거짓 지식인들의 사문난적이었다. 백성들의 문수보살이었다. 탐관들의 요승이었다. 한 줄기 희미한 빛이었다. 악귀였다.

하지만 늘 그렇듯 세상은 시계추처럼 이쪽에서 저쪽으로, 저쪽에서 이쪽으로 움직여 가게 마련이었다. 그리고 반동은 다름 아니라 힘의 원천이었던 공민왕의 견제였다. 신돈의 손을 빌어 권문세족을 척결한 공민왕이 그가 지닌 권력과 추종세력에 불안감을 느끼게 된 게다. 신돈의 목적이 민생의 안정과 부강한 고려의 재건에 있었다면 공민왕의 목적은 왕권 강화에 있었다. 그들은 함께 누워 다른 꿈을 꾸고 있었던 셈이다.

어쨌든 숨죽이고 있던 권문세족들에겐 기회가 온 게다. 왕의 의중을 눈치 챈 그들은 재빠르게 움직였고, 왕은 모른 척 한다. 그리고 태후의 외척 김속명이 이인의 투고를 들고 역모를 거론하자, 왕은 신돈의 목에 칼을 안긴다. 역적의 굴레를 쓰고 이슬처럼 떨어진다. 1371년. 눌렸던 용수철처럼 세상은 제자리로 돌아가고 만다. 개혁은 수포로 돌아갔고, 민중의 희망은 꺾였고, 고려는 멸망의 길로 향하고 만다.

초목 울창한 진입로를 산책하듯 걸어 경내로 들면 절집은 고즈넉하다. 천왕문을 지나 계단 위 마당에 올라섰을 때 해는 서쪽하늘을 비추었고, 옥천사의 첫 느낌은 '닫힘'이었다. 적지 않은 건물을 보유하고 있는 규모의 사찰임에도 대웅전을 비롯한 중요한 전각들이 성벽처럼 막아선 '자방루' 안쪽으로 숨어 있는 탓이다.

건축가 김봉렬 선생은 '자방루'의 폐쇄적인 모습이나, 입구를 '적묵당' 부엌으로 왜소하게 만든 이유가 외부의 신도들은 많지 않고 오로지 경내의 스님들만 기거하는 산중 수도원 조직이었기 때문이라고 분석했었다. 어찌되었든 비좁은 자리에 자방루 적묵당 대웅전 팔상전 등등의 건물들이 지붕과 지붕을 맞대고 서 있으니 과연 만나기 드문 앉음새요 답답하고 옹색한 느낌이 들기도 하였더랬다. 연꽃 이파리처럼 산봉우리들을 사방으로 펼쳐두고 그안에 겹겹이 웅크리고 앉아 있는 듯도 하였고….

하지만 옥천사에서 눈여겨 볼 점은 법화신앙을 비롯하여 정토 신앙, 영산 신앙, 민간 신앙들이 혼재되어 어울리고 있음이다. 대중적인 모든 신앙들이 한 자리에 어우러져 녹아 있는 게다. 이를 두고 조선 후기의 불교를 둘러싼 사회적 여건이 극한으로 어려웠다는 증거로 보기도 하지만 어쨌든, 오늘날 같은 신을 믿으면서도 종파를 구별하고 대립하며 서로를 이단이라 손가락질하는 모습을 보면 포용하는 덕을 혜

량할 수 있을 것도 같다. 하긴 부처는 희지도 검지도 않으며 길지도 짧지도 않은 것을….

무량하다. 아름드리 측백나무 아래에서 보살은 찻잎을 따고, 햇살은 산 빛을 맑게 물들이며 기울어지니 산새 한 마리 날카로운 울음을 토하며 숲으로 간다. 오월의 아름다운 하루가 저문다. 신돈은 지금 여기에 있지 않다.

圓覺山中生一樹　원각산중생일수
開花天地未分前　개화천지미분전
非靑非白亦非黑　비청비백역비흑
不在春風不在天　부재춘풍부재천

원각산 가운데 한 그루 나무가 났으니
천지가 나뉘기 전에 꽃이 피었네.
푸르지도 희지도 또한 검지도 않으니
봄바람에 있는 것도 하늘에 있는 것도 아니네.

三界猶如汲井輪　삼계유여급정륜
百千萬劫歷微塵　백천만겁역미진
此身不向今生度　차신불향금생도
更待何生度此身　갱대하생도차신

삼계는 마치 우물의 두레박 같아서
백천만겁이 미진토록 지났도다.
이 몸을 금생에 제도하지 못하면
다시 어느 생에 제도하리요.

— 자방루

山堂靜夜坐無言 산당정야좌무언
寂寂蓼蓼本自然 적적료료본자연
何事西風動林野 하사서풍동임야
一聲寒雁淚長天 일성한안루장천

고요한 밤 산당에 말없이 앉아 있노라니
적적하고 요요함이 본래 그러한 것을.
서풍은 무슨 일로 숲을 흔드는가.
찬 기러기 외마디울음 먼 하늘에서 들려오네.

— 적묵당

指何爲妄指何眞 지하위망지하진
眞妄元來總不眞 진망원래총부진
霞飛葉下秋容潔 하비엽하추용결
依舊靑山對面眞 의구청산대면진

무엇을 가리켜 거짓이니 참이니 하는가,
참도 거짓도 다 본래 진眞이 아니로다.

노을 날고 낙엽이 져 가을 얼굴 깨끗하니
예와 같은 청산에서 진실을 대하네.

祖印恒作七佛師 　조인항작칠불사
大智亦爲普薩首 　대지역위보살수
刹刹現身示無身 　찰찰현신시무신
普令衆生超三有 　보령중생초삼유

문수보살은 조사심인으로 칠불의 스승이 되셨고
큰 지혜로 또한 보살의 으뜸이 되셨네.
온갖 곳에 가없는 몸 나투시어
널리 중생들로 하여금 삼계를 초탈케 하도다.
— 보장각 상 8폭

萬事不如退步休 　만사불여퇴보휴
百年浮幻夢中漚 　백년부환몽중구
趙州不是爭胡餠 　조주불시쟁호병
要使時人劣處救 　요사시인열처구

갖가지 일은 물러나 쉬는 것만 못하나니
백 년 인생 헛된 환상, 꿈속의 거품이로다.
조주 스님의 호떡이 어찌 옳지 않으리오.
오직 당시 사람들의 하근기를 구하고자 한 것일 뿐.

蒲團兀兀欲何爲　포단올올욕하위
更問深山老古錐　갱문심산노고추
空山雨雪無人境　공산우설무인경
驀地相逢是自家　맥지상봉시자가

방석에 오뚝하게 앉아 무엇을 하고자 하는가.
깊은 산 속 선지식에게 다시 한 번 물어 보게나.
텅 빈 산에 눈 비 내려 사람 없는 곳에서
문득 서로 만나고 보니 바로 나 자신이로다.
— 보장각 하 8폭

修遠離法起隨順行　수원리법기수순행
無邊衆生苦樂境界　무변중생고락경계
滅一切苦得究竟樂　멸일체고득구경락
有一大事生死因緣　유일대사생사인연
世出世間一切是法　세출세간일체시법
天上天下獨存者心　천상천하독존자심
崇山峻嶺茂林修竹　숭산준령무림수죽
松風水月儼露明珠　송풍수월선로명주

번뇌 여의는 법을 닦되 수순하는 행을 일으키라.
가없는 중생은 괴롭고 즐거운 경계뿐이니
일체의 괴로움을 멸하고 구경락(위없는 깨달음의 대열반락大涅槃樂)을 얻을 지어다.

유일한 큰일은 나고 죽는 인연이로다.

세간이나 출세간이나 일체가 이 법이니

하늘 위와 하늘 아래에 홀로 높은 것은 이 마음이로다.

높은 산 높은 고개에 숲은 무성하고 대나무는 곧으니

솔바람은 물 위의 달을 흔들고 맑은 이슬은 구슬을 꿰었네.

— 대웅전

西來祖意最堂堂　서래조의최당당
自淨其心性本鄕　자정기심성본향
妙體湛然無處所　묘체담연무처소
山下大地現眞光　산하대지현진광

서쪽에서 오신 조사의 뜻 가장 높으니

청정한 그 마음이 자성의 본고향이라.

묘한 본체는 맑아서 있는 바가 없으니

산하대지가 진실된 광명을 나투도다.

— 조사전

古佛未生前　고불미생전
凝然一相圓　응연일원상
釋迦猶未會　석가유미회
伽葉豈能傳　가섭기능전

옛 부처님 나기 전에
의젓한 일원상
석가도 알지 못했는데
어찌 가섭이 전하리.

— 나한전

願此鐘聲遍法界 　원차종성변법계
鐵圍幽暗悉皆明 　철위유암실개명
三途離苦破刀山 　삼도이고파도산
一切衆生成正覺 　일체중생성정각

원컨대 이 종소리가 법계에 고루 퍼져
쇠로 두른 어두운 지옥을 모두 밝게 하소서.
삼도가 고통을 여의고 칼산도 부서져
일체 중생이 정각을 이루게 하소서.

— 범종각

삼각산 진관사

조계종 직할 사찰로 동쪽의 불암사, 남쪽의 삼막사, 북쪽의 승가사와 함께 서울 근교의 4대 명찰로 손꼽혔으며, 수륙도량으로 유명하다.

신라 진덕왕 때 원효가 삼천사와 함께 창건하여 신혈사라 하였다가 고려 현종이 자신을 보호해준 진관 스님의 은혜에 보답하기 위해 대가람을 세우고 진관사라 하였다.

현재는 비구니 스님들이 수행하고 있으며, 주변에 서울시 문화재로 지정된 12종 36점의 성보 유물들이 산재해 있다.

생과 사는 다르지 않나니

소리가 쏟아졌다.

몸을 감춘 산새가 울고, 바위를 휘감아 시냇물이 울고, 나무를 붙들며 바람이 울었다. 온갖 욕망들이 비벼지고 부딪혀 덜컥거리는 도심 거리를 벗어나, 벌건 살 드러낸 뉴타운 공사판을 지나, 숨구멍처럼 열린 북한산 자락에선 소리가 쏟아지고 있었다.

그랬다, 소리들… 눈 감으면 더욱 또렷하게 숨골까지 파고드는 산의 숨소리. 마음까지도 푸르게 씻어줄 것 같은 맑은 소리들…. 청설모 한 마리가 잽싼 걸음으로 숲길을 가로질렀다.

북한산. 늘 거기에 있었고 누구나 품어주던 산. 새도 품고 바람도 품고 돈과 권력을 가진 자도 품고, 지친 어깨를 늘어뜨린 가난한 이들 또한 한 가지로 품어주던 산. 아무런 가림 없이 공평하게 품어주던 산… 욕망과 욕망이 뒤얽혀 난장을 벌이는 대한민국 수도의 한 귀퉁이에서 산은, 그렇게 모든 것들을 품고 놓아주며 아득한 세월의 한 순간을 무심히 건너고 있는 중이었다.

細推今舊事堪忍 세추금구사감인
貴賤同歸一土邱 귀천동귀일토구
梁武玉堂塵已沒 양무옥당진이몰
石崇金谷水空海 석숭금곡수공해
光陰乍曉仍還夕 광음사효잉환석
草木纔春卽到秋 초목재춘즉도추
處世若無毫末善 처세약무호말선
死歸何物答冥候 사귀하물답명후

고금의 세상사 살펴보노라니
귀천을 가림 없이 모두 흙으로 돌아갔네.
양무제의 화려한 궁궐도 이미 티끌이 되었고
석숭의 황금덩이도 빈 바다의 물거품이 되었네.
시간은 잠깐 새벽이었다가 곧 저녁이 되고
초목은 겨우 봄인 듯싶더니 문득 가을.
세상 살아감에 작은 일마저 최선을 다하지 못한다면
장차 죽어서 염라대왕에게 무엇으로 대답하리.

— 나가원

산을 깎아 욕망의 오벨리스크를 세우고 바다를 메워 허망한 욕심을 넓힌들, 흘러가는 세월 속에서 먼지처럼 흩어지지 않는 것들이 어디 있으랴. 잠깐 봄인 듯싶더니 가을, 우리네 삶이 대저 이러하다. 50년 동안 천하를 호령하던 양무제는 심복의 반란에 사로잡혀 죽었고,

천하제일거부 석숭의 부귀영화 또한 가루가 되어 흩어졌으니 사람의 일생이란 게 꿈속의 꿈이 아니런가. 죽음에 이르면 누구든 빈주머니로 돌아가야 함이 이와 같다.

덧없다. 그러하다. 누군들 인생의 덧없음을 부인하랴. 하지만 늘 잊는다. 백일몽 속에서 헤맨다. 양무제를, 석숭을 꿈꾼다. 꿈속의 또 다른 꿈을 꾼다. 하여 수레바퀴는 돌고 돈다. 깔려, 비명을 내지르며 몸부림칠지언정 벗어나지 못한다. 돈다. 끊임없이 돈다, 영혼이 매달린 채….

여기 한 여인이 있다. 절대 권력을 휘둘렀던 여인. 한바탕 꿈속에서 춤을 추었던 여인. 천추태후다.

'이미 성인成人이었던 아들 목종을 제쳐두고 권력을 농단하면서 목종이 후사가 없자, 간부姦夫 김치양과 밀통하여 낳은 아들을 제위에 앉히기 위해 왕위계승권자인 대량원군을 죽이려다 강조의 정변으로 파멸한 요녀妖女.'

주류사학계의 평을 보자면 대체로 이와 다르지 않다. 그리고 이러한 평은 오랫동안 정설로 굳어져 왔다. '천추태후'란 네 글자는 바로 나라를 망치는 요녀의 아이콘이었던 게다.

사실 삼강오륜을 통치이념으로 삼은 조선 사가들이 그녀를 올바로 이해하고 기록한다는 건 불가능했을 게다. 그녀가, 음란한 뒷방 아녀자로서 감히 권력을 훔쳐 마음대로 주무른 희대의 요녀로 기록될 수밖에 없었음이다.

하지만 우리는 안다. 기록된 것들이 오롯이 진실은 아니라는 걸. 진실의 기록이라고 믿어지는 역사 기록들이 특히 그러하다. 대부분의 역사가 승자의 입장에서 쓰였고, 그들의 일방적 주장과 입장만 반영

할 뿐이라는 걸 안다. 어쩌면 갑작스레 '잔 다르크' 캐릭터로 그녀가 안방극장에서 되살아났던 것은 이런 역사 기록에 대한 반작용일 게다.

그렇다면 진실의 거울에 비친 그녀는 어떤 인물이었을까.

요녀였을까?

잔 다르크였을까?

알 수 없다.

요즘처럼 눈과 입이 많은 시대에도 진실이 감춰지고 구부러지는 일이 허다한 판에 천 년 전의 진실이 무엇이었는지 제대로 끄집어낸다는 건 가능하지 않다. 다만 같은 산을 보면서도 산의 다른 모양을 이야기하는 것처럼 각자의 역사관에 따라 바라보는 시선이 다를 뿐이라는 점을 수긍한다면, 어느 누군가에겐 요녀에 불과할 것이고 또 다른 누군가에겐 태조 왕건의 유지를 이어 황제국으로서의 자존심과 북벌 의지를 일깨우고자 했던 민족영웅일 수도 있을 게다.

다만 진관사 가는 길에 새삼 그녀를 떠올렸던 것은, 살아 있는 권력이 이미 죽은 권력을 밟고 모욕하는 비정한 작태를 속성을 현실 속에서 지켜보고 있었기 때문이리라….

가끔 지인들과 함께 닭을 삶아먹고 소주잔을 기울이곤 했던 계곡 옆 식당가를 지나면 진관사는 금방 닿는다. 삼각산 진관사. 천추태후와 대량원군(현종)의 운명이 엇갈려 지나간 바로 그곳, 인간의 욕망과 파멸의 사연이 서린 절집은 세상과 맞닿아 있음에도 깊다.

997년, 고려 경종의 뒤를 이은 6대 임금 성종이 세상을 떠난다. 경종의 황후이자 성종의 누이동생인 헌애 황후가 낳은 황자 송은 18세였다. 송이 제위에 올랐다. 목종이다. 아들이 제위에 오르자 헌애 황후는 '천추전'에 머물며 정치 전면에 나서기 시작한다. 그녀를 일컬어 천추태후라 하는 것은 이 때문이지만, 어쨌든 정권을 잡은 그녀는 오빠인 성종에 의해 유배되었던 김치양을 불러들여 권력을 농단한다. 그녀가 음탕한 요녀로 비난받아 온 것은 이렇듯 김치양과 밀통하여 과부의 몸으로 아들까지 낳았기 때문이었다.

정권을 잡은 천추태후는 팔관회와 연등회를 폐지하고 유학을 정치이념으로 받아들여 시행했던 성종의 치적을 몽땅 뒤집는다. 팔관회 등의 불교행사를 부활시키고, 송나라에 대한 성종의 사대적 외교노선을 폐하여 황제국임을 내세웠으며, 북벌정책을 추진하는 등 왕건의 유훈을 따른다. 드라마에서 그녀를 잔 다르크처럼 묘사하는 건 이런 성향 탓이겠지만 이것을 두고 성종은 사대주의적이고 천추태후는 자주적이었다고 편을 갈라 재단하는 건 거칠다. 지나친 이분법적 태도인 게다. 다만 성종이 군사강국의 길 대신 왕권강화 수단으로 쓰이던 팔관회 등의 국가적 불교행사를 폐지하여 국고낭비를 줄이고 내치의 안정을 꾀하고자 하였다면, 천추태후는 불교행사를 통해 고려의 전통을 복원함으로써 권력을 강화하고 왕건의 유지를 따르는 세력들을 규합하여 고려의 건국이념을 지켜나가고자 하였다 할 수 있다. 다시 말하면 사대나 자주의 문제라기보다 정파 간의 명분싸움이었던 게고, 두 세력의 노선이 어떤 정당성을 획득할 것인지는 결국 그 시대의 요구가 무엇이었는가에 따라 달라질 수 있으리라. 광해군과 인조처럼.

목종에게는 후사가 없었다. 권력투쟁이 벌어질 불씨다. 천추태후는 김치양과의 사이에서 낳은 아들을 제위에 올리고자 모의한다. 하지만 친동생인 헌정 황후가 왕건의 아들이자 숙부인 왕욱(안종으로 추존)과 밀통하여 낳은 대량원군 순詢이 걸림돌이 된다. 왕 씨를 제쳐두고 김 씨를 제위에 올린다는 게 어떤 의미겠는가. 반대세력이 들고 일어날 건 불 보듯 훤한 일이다.

천추태후와 김치양은 우선 대량원군을 개경 숭교사의 승려로 출가시킨다. 하지만 그가 살아 있는 한 불안하다. 후환을 없애기 위해 여러 차례 자객을 보낸다. 실패한다. 스님들이 적극적으로 보호했기 때문이다.

하지만 암살자들은 계속 보내진다. 결국 대량원군은 숭교사를 떠나 삼각산의 조그만 암자로 몸을 피하게 되는데 그곳도 안전하지는 않다. 암자에 주석하던 진관 스님은 수미단 마루 밑에 땅굴을 판다. 그리고 대량원군은 3년이라는 세월 동안 그 땅굴에 숨어 목숨을 잇는다.

그동안 세상은 혼란스럽게 돌아간다. 목종의 건강이 악화되자 천추태후와 김치양이 권력 유지를 위해 아들을 황제로 만들고자 하는 움직임이 뚜렷해진 게다. 이에 목종은 왕 씨 황통을 지키기 위해 강조의 입궐을 명하고, 강조는 휘하 군사들과 함께 개경에 들어온다. 그리고 강조의 군사정변으로 김치양과 그의 아들은 처형된다. 목종 또한 폐위되어 모후와 함께 유배된다. 이로써 땅굴에 숨어 지내던 대량원군이 제위에 오른다. 현종이다.

진관사. 현종은 제위에 오르고 난 뒤 진관 스님의 은혜를 갚고자 신혈사를 크게 중창하여 지었던 절집. '홍제루' 아래를 통과해 들어서면 네모난 마당이 정원처럼 꾸며져 있다. 이 마당을 둘러싸고 정면의 대웅전을 비롯한 전각들이 단순하고 소박한 품새로 앉아 있는데, 근래 지어진 탓에 천년사찰의 고풍스러운 느낌은 들지 않는다. 다만 북한산의 품에 안겨 있다는 자체가 미덕이다. 조선 초의 문신 권근은 〈진관사 수륙사조성기水陸社造成記〉를 쓰면서, '주위 산세가 웅장하

고 좌우 용호가 길게 외호하며 또한 수석이 청결하고 풍광이 명미한 곳으로서…'라 하였다. 이로써 절집 뜰에서 둘러보는 주변 풍광의 뛰어난 바를 짐작할 수 있을 것이지만, 대웅전 지붕 너머로 둥글게 흘러내리는 바위 봉우리와 소나무 숲의 정취를 완상하노라면 시끄러웠던 마음자리가 고요해진다. 불자라면 법당에 들러 삼 배를 올리고 백팔 배를 올리고 삼천 배를 올릴 일이요, 산책 삼아 찾았더라도 산이 건네는 이야기들을 가만히 앉아 들어볼 만한 곳이다.

慈光照處蓮花出　자광조처연화출
慧眼觀時地獄空　혜안관시지옥공
又況大悲神呪力　우황대비신주력
衆生成佛刹那中　중생성불찰나중

普濟人天難思量　보제인천난사량
招憑諸佛大悲力　초빙제불대비력
衆生不盡業茫茫　중생부진업망망
世界無邊塵擾擾　세계무변진요요

자비광명이 비추는 곳에 연꽃이 피고
지혜의 눈이 열리니 지옥도 텅 비네.
또한 부처님은 대자대비 하신 신통한 주력呪力으로
찰나 간에 중생을 성불시켜 주시네.

널리 인천을 제도함이 헤아리기 어려우니
여러 부처님의 크신 자비를 불러 의지함이라.
중생의 업은 아득하고 아득하여 끝이 없고
가없는 중생계는 어지러이 일어나는 먼지와 같도다.

— 홍제루

그러하다. 천년 세월 속에 인간사 먼지에 불과하다. 하여 하루를 살고나면 또 하나의 업을 지을 뿐이니 어느 때 삼독으로부터 벗어날 수 있을 것인가. 마음을 다스려 번뇌든 분노든 지워보려 애쓰지만 더욱 요동할 뿐… 홍제루 옆으로 흐르는 냇물을 건너 오솔길을 따라간다. 나무들 빽빽한 숲을 지난다. 채소가 자라는 밭뙈기를 지난다. 조금씩 가파르게 오른다. 희미한 흔적을 따라 길 없는 길을 간다. 이 길의 끝에는 무엇이 기다리고 있을까. 호흡이 가빠온다. 툭 터진다. 바위 구릉이 매끄러운 사면을 만들며 봉우리로 올라간다. 그만 길을 접는다. 주저앉는다. 산 아래로 아파트 군락들이 꿈처럼 가물거린다. 서쪽 능선으로 해가 기운다.

오늘은 2009년 5월 23일. 꿈속에서 꿈을 꾼다. 바보가 죽는 꿈. 아무런 느낌도 닿지 않는다. 그저 꿈속의 일이어서 깨고 보면 아무런 일도 일어나지 않았을 것만 같다. 아파트 덩어리들이 뿌옇게 흔들린다. 여자아이를 태운 자전거 한 대가 지나간다. 미안해 하지도 말고 원망하지도 말라 하였다던가. 생사가 모두 자연의 한 조각이라는 말을 남겼다던가. 그렇다. 생사일여生死一如 하다. 삶과 죽음이 본디 하나다. 그저 삶은 짧고 죽음은 길뿐.

하지만 짧은 삶이라 하여 가벼울 수는 없다. 그럴 수는 없다. 짧은

삶이 긴 죽음을 결정한다. 짧은 생을 올곧게 보내면 긴 죽음이 맑게 빛
나고 짧은 생을 삼독에 빠져 보내면 긴 죽음이 더럽다. 그렇다. 바보
의 죽음 또한 그랬다.

바보, 위대한 평민이었던 그대, 잘 가시라….

독한 꿈이다.

佛身充滿於法界　　불신충만어법계
普顯一切衆生前　　보현일체중생전
隨緣赴感靡不周　　수연부감미부주
而恒處此菩提座　　이항처차보제좌

廣大願雲恒不盡　　광대원운항부진
往洋覺海妙難窮　　왕양각해묘난궁

부처님께서는 온 법계에 두루 계시니
항상 모든 중생들 앞에 나타나시네.
인연 따라 두루 보살펴주시고
모든 곳에 깨달음의 지혜 베풀어주시네.

광대한 서원 구름같이 다함이 없고
넓고 넓은 깨달음의 바다 아득하여 끝이 없네.

— 대웅전

無邊無量圓法珠之三昧　무변무량원법주지삼매
正等正覺妙雜華之一宗　정등정각묘잡화지일종
畵雪牛於上乘十六羅漢　화설우어상승십육라한
湧火蓮於法界一初如來　용화연어법계일초여래

끝없고 가없이 깊고 원만한 법계의 삼매
위 없이 묘하고 바른 깨달음 일종—宗의 꽃이로다.
눈이 그치자 소를 탄 열여섯 나한들
연꽃이 만발한 법계에 제일 먼저 오시네.

— 나한전

地藏大聖威神力　지장대성위신력
恒河沙劫說難盡　항하사겁설난진
見聞瞻禮一念間　견문첨례일념간
利益人天無量事　이익인천무량사

지장보살님의 위신력이여
억겁을 설명해도 다하기 어렵나니
보고 듣고 예배하는 잠깐 사이에
인천에 이익 된 일 무량하여라.

— 명부전

靈通廣大慧鑑明　영통광대혜감명
住在空中映無方　주재공중영무방
羅列碧天臨刹土　나열벽천임찰토
周天人世壽算長　주천인세수산장

신령하고 능통한 지혜 거울같이 밝아서
허공 중에 머물면서 비추지 않는 곳 없네.
푸른 하늘에 계시면서 이 국토에 임하여
인간 세상 두루 비추고 수명을 관장하시네.
— 칠성각

那畔神通世所稀　나반신통세소희
行裝現化任施爲　행장현화임시위
松巖隱跡經千劫　송암은적경천겁
生界潛形入四惟　생계잠형입사유

나반의 신통력은 세간에서 찾아보기 힘들어
나타나고 사라지며 교화하시기를 자유자재로 하시네.
소나무 바위 그늘에 자취 감추고 천겁을 지나
중생계에 자취를 숨기고 사방에 들어오시네.
— 독성전

願此鐘聲遍法系 원차종성편법계
鐵圍幽暗悉皆明 철위유암실개명
三途離苦破刀山 삼도리고파도산
一切衆生成正覺 일체중생성정각

원컨대 이 종소리 법계에 두루 퍼져서
철위산 깊고 어두운 무간지옥 다 밝아지며
지옥 · 아귀 · 축생의 고통 여의고 칼산지옥 깨뜨려
일체 중생이 바른 깨달음 얻을 지이다.

— 동종각

봉미산 신륵사

대부분의 절집은 산 속에 있는 경우가 많은데 신륵사는 남한강이 보이는 강변에 세워져 있다. 조계종 제2교구 본사 용주사 말사다.

나옹 선사가 주석하면서 번성하기 시작하였고, 1473년 세종의 능이 여주로 옮겨오면서 영릉의 원찰이 되었다.

다층 석탑(보물 225호), 다층 전탑(보물 226호), 보제존자석종(보물 228호), 보제존자석종비(보물 229호), 대장각기비(보물 230호), 보제존자석등(보물 231호), 조사당(보물 180호) 등의 문화재가 풍부한 절집이지만 최근 4대강 사업이 진행되면서 문화재 훼손을 둘러싸고 논란이 일고 있다.

목은과 나옹을 만나다

신륵사는 산중에 있지 않다. 일주문 밖으로 유원지가 먼저 와자하다. 깊지 않다. 더하여 어수선하다. 같은 고을에 있는 영릉(세종릉) 묘역이 적요하면서도 마음으로 묵직이 다가왔다면 절집 입구는 가볍다. 강물엔 오리배가 떠 있고 유람선이 오락가락하고 와자한 술자리 소음과 노랫가락 또한 떠돈다. 그대는 산사의 고즈넉함을 기대하는가? 그렇다면 조금쯤 실망하겠다. 허나 잠시 견디시라. 여주는 아름다운 땅이다.

산사의 주련

86

여강 굽이굽이 산이 그림 같아서
반은 단청같고 반은 시와 같네.

고려 말의 대학자요 정치가였던 목은 이색은 여주 고을을 두고 이렇게 노래했다. 그림같고 시같은 고을. 수 백 년 세월이 흘렀고 보면 강산이라 하여 변치 않을 리 없으나 물새들이 오락가락하는 신륵사 주변의 풍경은 여전히 수려하다. 한번쯤은 걸음을 놓아도 기꺼운 풍광일 뿐 아니라 산속 깊이 들어가 앉지 않고 강줄기 곁으로 나온 절집도 이 집이 유일하니 또한 색다르다.

신륵사가 강변으로 나앉게 된 건 풍수지리의 영향을 많이 받은 탓. 일종의 비보사찰裨補寺刹인 셈이다. 농경사회에서 홍수와 범람이 잦은 남한강의 자연환경과 풍수적 단점을 극복하고자 이 절을 세워 강을 다스리고자 했던 게다. 신륵이란 이름이, 바로 살아 있는 미륵으로 추앙받던 나옹 선사가 사람들에게 피해를 주는 용마를 붙잡았다는 전설에서 연유했다. 여기서 용마는 아마도 홍수를 의미하는 걸 게다.

신륵사가 강변으로 붙어 나온 이유를 이로부터 짐작할 수 있지 않을까 생각해보지만, 뭐 강변 풍치를 즐기고 싶은 소박한 마음이었다 한들 대수겠는가.

비질 자국이 남아 있는 극락보전 마당을 지나 먼저 조사당으로 간다. 보물 180호. 신륵사에서 가장 오래되고 많이 알려진 건물이다. 규모는 작다. 하지만 팔작지붕이 화려하면서도 전체적인 자태는 단정하고 품위가 있다. 조사당은 본래 절집과 인연이 있는 고승대덕의 진영을 모시는 건물. 신륵사 조사당은 다른 절집보다 각별하다. 고려 말의 대선사 나옹과 그의 스승인 인도승 지공 그리고 제자인 무학대사를 함께 모신 곳이다. 불가에서 사제의 인연은 속가의 혈맥과 같으니 삼대가 나란히 향을 받는 셈.

하지만 이들이 앞으로도 이곳에서 평화로운 하루하루를 보낼 수 있을 지는 알 수 없다. 지금 대한민국은 4대강 정비라는 이름으로 거대한 삽질이 시작되고 있으니 말이다.

강바닥을 파고 보를 쌓아 수위를 높이면 아마도 강변에 서 있는

'강월헌'이나 나옹 선사 다비 장소인 삼층탑은 물론 신륵사 자체가 제대로 보존될 수 있을까. 세상사 흘러감이 어디 올곧은 곳으로만 이어지겠느냐 싶어도, 이익이 된다 싶으면 문화재든 뭐든 부수고 옮기는 개발 만능의 정책은 언제까지나 계속될 것인지….

조사당 뒤쪽의 계단을 오른다. 57개의 계단. 나옹선사가 입적할 때의 세수를 따서 그렇게 했단다. 믿거나 말거나. 소나무들이 에둘러 그늘을 드리운다. 보제존자석종(부도), 석종비, 석등이 서 있다. 모두 보물들.

사리탑은 푸른 돌이끼를 키우며 묵묵히 절집을 내려다보고 있다, 수백 년을 하루 같이. 기억에 남을 만큼 아름다운 무덤이다. 꾸민 듯 꾸미지 않은, 절제하고 또 절제하는 데서 오는 아름다움이다. 세상을 밝히고자 수백 년을 서 있었을 석등 또한 사랑스럽다. 사람의 욕심과 세월의 부식 속에서 비천상의 얼굴들은 코를 잃고 얼굴 자체를 잃기도 했으나 장인의 손길이 스쳐간 곳에는 구름이 피고 선녀가 날개옷을 펄럭인다. 아들 욕심이 없으니 눈으로만 쓰다듬는다.

강바람이 몰려온다. 소나무 줄기 사이로 보이는 절집 지붕 위로 강물이 흘러간다. 분주하던 진입로에 비해 이곳은 적막하고 고요하다. 더 이상 세상의 소음은 들려오지 않는다. 이곳에서 주석했고, 이곳에서 열반했고, 이곳에 사리를 묻은 나옹은 노래했었다.

청산은 나를 보고 말없이 살라하고
창공은 나를 보고 티 없이 살라하네
사랑도 벗어놓고 미움도 벗어놓고

물같이 바람같이 살다가 가라하네

청산은 나를 보고 말없이 살라하고
창공은 나를 보고 티 없이 살라하네
성냄도 벗어놓고 탐욕도 벗어놓고
물같이 바람같이 살다가 가라하네

과연 그러하다. 욕심을 비우고 미움을 버리면 세상은 자연히 극락
이 되겠지. 푸른 산의 가르침을 듣고, 파란 하늘로부터 배우면 물처럼
바람처럼 가볍게 놀다갈 수 있으리라. 정녕 그러하리라.

돌 위에 걸터앉아 오래 머문다. 이 절집에서 몸을 버린 나옹을 생
각하고, 그의 비문을 썼던 목은 이색을 생각한다.

당시 불가와 유가를 대표하던 두 사람, 그들은 지기知己였다. 승속
으로 갈렸어도 산꼭대기에서 마주앉은 이들은 친구가 되는 법인가 보
다. 하긴 제자인 정몽주와 정도전이 불교에 매우 비판적인 성리학적
입장에서 한 치도 물러서려 하지 않았던 데 비해 이색은 훨씬 폭넓고
자유로운 사고를 지닌 인물이었으니까.

불교를 추종하는 사람들을 보면, 거의 대부분이 일상적인 세상일에
는 싫증을 내면서 유교의 예법을 따르는 것을 좋아하지 않는 호걸
스러운 인재들이다. 불교가 이런 인재들을 얻게 되었고 보면, 그 도
가 세상에서 존경을 받게 된 것도 결코 우연이 아니다. 나는 그래서
불교를 심하게 거부하지 않을 뿐더러, 더러는 호감을 가지고 서로

어울리기도 하는데, 이는 대개 그들에게서 취할 만한 점이 있기 때문이다.

— 《목은집》

이색李穡은 1328년, 한산 이 씨 중시조인 찬성사 이곡李穀의 아들로 외가인 경북 영덕 영해면 괴시리에서 태어났다. 본관은 충청남도 한산韓山이며 호를 목은牧隱이라 했다. 두 살 때 선조들의 고향인 한산으로 돌아와 학문을 익히다가 불과 열넷의 나이에 진사 성균시에 장원으로 급제하였으니 소위 천재다. 나이 열여섯에 별장(정7품)의 벼슬을 받아 관직에 발을 들여놓기 시작한 이래, 스물여섯 나이에 문과에 장원으로 급제하였고, 다음 해 원나라로 들어가 황제 앞에서 보이는 전시에 2등으로 합격한다. 그나마 2등으로 합격한 것도 원나라 사람이 아니면 장원을 할 수 없었기 때문이라니 그의 천재성이 어느 정도였는지 짐작해볼 만 하리라.

그 후 원나라와 고려에서 여러 직책을 두루 거치다가 나이 마흔 넷에 정당문학의 재상 반열에 오르고, 예순하나의 나이로 최고의 벼슬인 문하시중에 오른다. 위화도에서 회군한 이성계는 그 다음 자리인 수문하시중이었다. 일인지상만인지하의 자리에 오른 셈이지만 이색의 존재감은 정치보다는 학문과 문장에서 더 크다.

이색은 본래 개혁파였다. 부패한 고려 왕조의 개혁을 꿈꾸고 있었다. 처음에는 이성계 일파와도 뜻을 같이 하는 듯했다. 하지만 이성계와 이색의 개혁은 방법론에서 차이가 있다. 즉 이색이 고려 왕조를 유지하면서 개혁을 추구했다면 이성계 측은 왕조 자체를 교체하자는 강경 급진개혁을 추진했던 게다. 결국 이성계 일파가 우왕에게 신돈의 혈육이라는 터무니없는 누명을 씌워 폐하고, 1389년 창왕까지 폐위시키며 공양왕을 세우자 이색은 협조를 거부하고 물러나 고향으로 돌아간다.

이런 와중에 반대세력에 대한 무자비한 숙청이 진행되면서 이색의 장남 이종덕이 매 맞아 죽었고, 선죽교에서는 제자인 포은 정몽주 또한 죽임을 당한다. 새 왕조를 세운 뒤에도 반대파에 대한 탄압은 그치지 않아서 이색은 유배와 투옥을 거듭 겪고 있었고, 끝내는 둘째아들 이종학까지 장사현으로 유배되는 도중 제자인 정도전이 보낸 순흥종의 손에 목이 졸려 살해된다.

이렇게 두 아들을 포함하여 제자들이 고려와 함께 죽어갔지만 이성계 일파도 이색만은 함부로 제거할 수가 없었다. 이는 고려뿐 아니라 중국에까지 널리 알려져 추앙받던 그의 정치적 위상과 친구였던 이성계가 그의 목숨만은 지켜주고 싶어 했기 때문이었다.

하지만 새 왕조에게 이색은 존재만으로도 위험한 인물이었다. 결국 이성계의 보호에도 불구하고 이방원 일파는 그를 제거한다. 1396년(태조 5년), 이색이 예순아홉이 되던 해였다. 지기인 나옹선사가 입적하자 친히 '보제존자석종비' 비문을 지어 떠나보냈던 바로 그 신륵사에서, 이방원 일파가 태조가 내린 어주라 속여 보낸 독주를 마시고 숨을 거둔 게다.

이때 신륵사의 승려들이 마시지 말라고 말렸으나, 그는 "명이 하늘에 있는데 죽고 사는 것을 어찌 두려워하랴?"라며 태연히 마셨다고 한다. 명이 하늘에 달렸으니 어찌 선비가 된 자로서 죽음을 두려워할까. 그는 죽어서 영원히 사는 길을 택했던 게다.

목은 이색에 대한 우리의 앎은 너무나 짧다. 그저 고려 3은의 하나이며 절의를 지켜 이성계의 요청을 뿌리친 인물 정도로만 인식할 뿐이다. 하지만 이색은 우리가 그처럼 무심하게 지나칠 수 없는 인물이었다. 한국 성리학의 출발점이 바로 목은 이색의 사상으로부터 비롯되었기 때문이다.

중국에서 들어온 한국의 성리학이 완전히 소화되어 뿌리를 내린 것이 바로 목은 이색에 의해서였으며, 그로부터 비롯되어 줄기가 생기고 가지가 자라고 무성한 잎과 꽃이 피었던 게다. 말하자면 조선 중기에 완성된 한국 성리학은 오로지 이색의 학문을 뿌리로 하여 자라난 한 그루 나무였던 게다.

목은 이색에 대한 학자들의 평가를 몇 가지 들어보면 대개 이러하다.

"목은은 학자와 정치가, 교육자로서 큰 자취를 남겼으며 고려가 조선으로 바뀌는 왕조 교체기에 끝까지 고려에 대해 불사이군 하는 충절을 지킨 충신이었다. 고려를 통틀어 산문으로는 익재 이제현, 시인으로는 목은을 꼽는다. 그가 남긴 시 6천 31수는 질적으로도 고려 최고이다."

― (이문원)

"불교계의 폐단을 지적, 비판함으로써 고려를 불교사회에서 성리학 사회로 전환시키는 데 크게 공헌하였으며, 본격적인 성리학시대를 여는 데 이바지한 당대의 유종儒宗이었다. 불교의 우수성을 인정해 조선시대 일부 선비로부터 배척받았지만 목은의 사상은 이전 것을 이어받아 새로움을 연 것으로, 목은은 당대의 선구자였다.

― (윤사순)

"무신정권 이래 유행한 문장 해석 중심의 학문에서 벗어나 실천윤리의 중요성을 강조하였다. 성리학 관점에서 사서오경을 일관적으로 해석해 한국 성리학의 기초를 마련했다. 따라서 목은이야말로 고려말 성리학의 사회적 전파와 이론적 발전에서 결정적 역할을 수행한 성리학파의 종장으로서 그의 유학사상은 한국 성리학 전개과정을 이해하는 데 꼭 필요하다."

— (금장태)

"공민왕 16년 성균관이 신축된 뒤 대사성을 맡아 성리학을 크게 일으켰고 과거에서 시험관을 6차례 맡아 권근, 이숭인, 맹사성 등 고려말, 조선초의 명신, 학자 132명을 배출하는 등 교육 분야에 뛰어난 업적을 남겼다."

— (신천식)

강변 바위 위에 서있는 강월헌江月軒. 강바람이 목덜미를 식힌다. 건너편 강변에 오리배 하나 한가롭게 떠 있다. 어쩌면 한 쌍의 연인이 밀어를 속삭이고 있지는 않을까. 흠… 부럽다. 하얀 물새 한 마리, 끊어진 연처럼 선을 긋는다. 중년사내는 정자에 앉아 고요히 담배를 피워 물고 아낙은 바위 끝에 앉아 좌선한다. 적요. 그렇게 하루가 간다. 그렇게 모두들 하루치의 세상을 건너간다. 평화다.

하지만 대운하가 만들어지는 날, 아마도 이렇게 쓸쓸하고 고요하고 평화로이 세월을 건너가는 풍경은 기억에속에서만 찾을 수 있게 될지도 모를 일. 사람도 유적도 세월의 흐름 속에서는 먼지처럼 스러질 뿐이다. 절집 종소리 하나 일어나 강 물결 위로 둥글둥글 퍼져간다.

부처의 도량이다.

戲招西寒山前月 희초서한산전월
來聽東林寺裏鐘 내청동림사리종
初地相逢人似舊 초지상봉인사구
前身安見我非僧 전신안견아비승
月照上方諸品靜 월조상방제품정
心持半偈萬緣空 심지반게만연공
蒼苔白石行應遍 창태백석행응편

서쪽엔 한산의 달을 불러놓고
동쪽 숲속에서 절집 종소리를 듣는다.
처음 만난 사람 알고 보니 구면이고
전생을 살펴보니, 나는 승려가 아니로다.
달빛에 모든 품류가 고요하고
마음가짐 하나 편하게 가지니 만 가지 인연이 모두 공이로다.
흰 돌의 푸른 이끼처럼 되는 대로 맡겨 둔다.

— 적묵실

禪指西天爲骨髓 선지서천위골수
敎說東土作笙簧 교설동토작생황

선은 서천을 잊지 않아 마음 속 깊이 새기고
교는 동쪽 땅에 널리 울려 퍼지도록 하라.

— 조사당

具足神通力 구족신통력
廣修智方便 광수지방편
十方諸國土 십방제국토
無剎不現身 무찰불현신

신통력을 갖추고
지혜 방편력을 두루 하여서
시방세계 모든 국토 어느 곳에든
그 몸 나타나지 않는 곳 없네.

— 극락보전

受囑擁護 수촉옹호
應供福田 응공복전
恩威竝行 은위병행
普度含靈 보도함령

옹호하기 부탁 받아
복전을 공양 받고
은혜와 위험 모두 행하여
넓게 중생을 제도하리.

— 죽수지실

한라산 관음사

대한불교 조계종 제23교구 본산. 언제 누가 창건하였는지는 알려진 바 없다. 전해지는 말에 따르면 고려시대부터 있었다고 하며, 《동국여지승람》에 제주의 12개 사찰 중 마지막 사찰로 기록되어 있다. 비구니 안봉려관安逢麗觀 스님이 사부대중의 도움을 받아 1912년에 중창하였으나 4 · 3 당시 모두 소실된 것을 1968년에 다시 복원하였다.

사찰 주변에 목석원, 산천단, 한라산, 어리목계곡, 탐라계곡, 개월오름 등의 관광지가 있으며, 한라산을 오르는 등산로인 '관음사 등산' 코스가 있어 사람들이 붐빈다.

돌이 많은 섬이어서인지 제주의 돌로 빚은 미륵이 아름다운 곳이다.

바람 타는 섬

빗방울이 후두두 떨어진다. 택시 앞 유리로 달려든 빗방울이 세열수류탄처럼 터진다. 모를 일이다. 좀 전까지도 뙤약볕 쨍쨍하던 날씨가 산으로 접어들자, 한순간 비로 바뀐다.

제주 한라산 산복도로를 달리고 있다. 식민의 섬, 유배의 섬, 소외의 섬, 여자와 아이들의 피로 젖은 한恨의 섬 제주… 하지만 과거의 핏자국은 화려한 볼거리들과 아름다운 자연의 그늘에 숨어 보이지 않는다. 깔끔하게 지워지고 묻혀서 그저 아름답다. 깊이 가라앉은 붉은빛 트라우마는 사람들의 입을 봉했고, 그래서 오히려 섬은 쾌활한 가면을 쓰고 있는 것만 같다. 문신처럼 지워질 수 없는 기억이어서 오히려 환한 웃음인 것만 같다. 하여, 비행기를 타고 날아온 여행객들은 한껏 행복한 얼굴로 에메랄드빛 바다에 뛰어들고, 오름을 오르고, 올레길을 걷는 게다.

비구름이 자욱하다. 젖은 포도가 반짝인다. 1100도로. 이제 절집이 가깝다. 관음사가 한라산 등반 시작점인 탓에 길가에 세워둔 자동차들이 빼곡하다. 비가 오고 눈이 내리든, 날씨가 춥고 덥든, 꼭대기로 오르고자 하는 사람들의 의지는 담쟁이 넝쿨보다도 질기다.

빗발이 가늘어졌다. 우산이 없어도 차에서 내린다. 스프레이 비가 축축하게 감긴다. 일렬로 늘어선 네 개의 기둥을 가진 일주문은 꽤 웅장하다. 제주의 대표적인 절집이라 하더니 외양이 번듯하다.

일주문 안쪽으로 보이는 진입로 또한 독특하다. 보도 양쪽으로 키 높은 나무들이 빽빽하게 솟아올라 수벽樹壁을 치고, 그 안쪽으로는 다시 키높이 돌담과 허리 높이 좌대 위에 부처님 상이 늘어서 일종의 회랑을 이루었다. 양편 좌대에 앉은 부처님들은 가지각색 수인手印을 지으며 오늘도 삼매경이다.

독특한 모습에 카메라를 든다. 셔터를 끊으며 천천히 회랑을 걷는다. 부처님의 둥근 코끝이 파인더를 채웠다가 비워지고, 보살의 어깨를 타고 오르는 담쟁이 넝쿨이 푸르게 피었다 시든다. 붉은 우산을 받쳐 든 아주망과 할망 또한 불쑥 들어섰다가 스러진다. 존재와 비존재의 틈새, 어떤 것들은 들어와 기록되고 어떤 것들은 그저 흘러간다. 그리고 떠돌던 렌즈가 멈춘다.

4.3 유적지 안내판이다.

제주를 생각하면서 4.3을 떠올리지 않을 도리는 없다. 30만의 도민 중에서 3만에 이르는 사람들이 죽임을 당한 살육의 현장. 태워 없애고 굶겨 없애고 죽여 없애는 이른바 '삼진작전'을 펼쳐 한라산 기슭이 공포와 죽음의 상징으로 각인됐던 현장이다. 그러니까, 남녀노소를 가리지 않은 대살육의 피바다를 우리는 축복받은 대한민국의 낙원이라며 희희낙락 찾아가 유흥하는 셈인 게다.

1947년 3.1절 기념식장에 모인 약 2천여 명의 군중이 남한 단독선거와 단독정부 수립을 반대하는 시위를 벌였을 때, 진압과정에서 어린아이가 희생당했던 게 4.3의 도화선이었다. 시위대가 어린아이 시신을 메고 격렬한 시위를 벌이자 수많은 군중들이 이에 합세하여 모여들었고, 진압군 측의 총탄에 다시 6명이 죽고 10여 명이 부상당하면서 제주의 정세가 급격히 요동치기 시작했던 것이다.

당시 무장대 측과 협상을 통해 사태를 해결하고자 애썼던 9연대장 김익렬 중령(육군 중장으로 예편)이 '실록 유고'를 통해 털어놓은 사건의 원인과 성격은 이러하다.

어떤 전문가들은 제주도가 중앙에서 멀리 떨어진 고도이므로 해방 후부터 공산주의 사상가들의 온상지였으며 자유스럽게 공산주의 사상교육과 공산주의의 투쟁을 위한 조직과 훈련을 하여서 4.3 공산 폭동을 일으켰다는 그럴싸한 이론을 전개시키면서 4.3사건을 묘사하고 있다.

그러나 이것은 4.3사건 발생의 원인과 그 당시 제주도 도민의 실정을 전연 모르는 자들이 떠도는 유언만 가지고 창작해 만들어낸 것이거나, 그렇지 않으면 그 당시 제주도민이나 우리 민족에 대하여 용납 못할 민족적 죄악을 저지른 미군정 시대 집권자들의 죄악과 과오를 은폐하기 위한 수단이든지, 그렇지 않으면 어용자들의 작품에 지나지 않다고 나는 확언한다.

……

나는 제주 4.3사건을 미군정의 감독 부족과 실정으로 인해 도민과 경찰이 충돌한 사건이며, 관의 극도의 압정에 견디다 못한 민이 최후에 들고 일어난 민중 폭동이라고 본다. 당시 제주도 경찰청장이나 제주 군정장관, 경무부장 조병옥, 미 군정장관 딘 장군 중 한 사

109

람이라도 사건을 옳게 파악하고 초기에 현명하게 처리하였더라면 극소수의 인명피해로 단시일 내에 해결될 수 있었던 사건이라고 확신한다.

자신들의 과실을 잘 알고 있던 경무부장 조병옥 이하 경찰은 사건 해결보다는 죄상이 노출되어 자기 모가지가 달아날까봐 진상을 은폐하기에만 급급했다. 설사 공산주의자가 선동하여 폭동을 일으켰다 치자. 그러나 제주도민 30만 전부가 공산주의자일 수는 없다. 그럼에도 폭동진압 책임자들은 동족인 제주도민을 이민족이나 식민지 국민에게도 감히 할 수 없는 토벌 살상하는 데만 주력한 것이다. 당시 정치 지도자들이나 군경 책임자들이 수만 명의 선량한 양민을 공산주의자와 구별 없이 살해하고 자신의 보신과 공명만 꾀한 것은 민족적으로 용서할 수 없는 일이다.

그의 증언대로다. 김익렬 중령이 조병옥으로부터 '빨갱이'로 모함을 받아 해임되고 그 후임으로 9연대장이 된 일본군 소위 출신 박진경이 취임사에서 했던 말을 보면 다른 말을 보탤 필요를 느끼지 못한다.

"제주도 폭동을 진압하기 위해서는 30만 제주도민 전부를 희생시켜도 무방하다."

점령군조차 꺼릴 법한 말을 동족을 상대로 아무렇지도 않게 뱉어내는 이런 군인들이 수없이 많았다는 게 실제로 이 땅에서 수많은 양민학살을 낳은 직접적 원인이었던 게다.

지키고 돌봐야 할 대상과 타도해야 할 대상 자체에 대한 인식이 없는 칼날은 얼마나 위험천만한가. 피를 뒤집어쓴 망나니의 칼춤 속에서 스러진 목숨들은 대부분 약하고 어린 생명들이었던 게다.

"둘째 오빠가 행방불명 되어버리자 우리는 졸지에 '폭도 집안'으로 몰렸어요. 어머니와 언니, 그리고 당시 열 세 살이던 나까지도 서북청년회에 끌려가 말할 수 없는 고문을 당했습니다. ……. 결국, 서북청년단은 도피자 가족이라며 어머니를 총살했습니다. 그때 언니랑 나도 함께 끌려갔는데, 서청은 우리한테 '어머니가 죽는 것을 잘 구경하라'고 하면서 총을 쏘았어요.……."

— 정순희, 1936년생.(4.3진상조사에서의 증언)

"설마 아녀자와 어린아이까지 죽이겠느냐 하고 생각했어. 그런데 집집마다 불을 붙이는 군인들 태도가 심상치 않았어. 무조건 살려달라고 빌었지. 그 순간 총알이 내 옆구리를 뚫었어. 세 살 난 딸을 업은 채 픽 쓰러지니까, 아홉 살 난 아들이 '어머니'하면서 내게 달려들었어. 그러자 군인들은 아들을 향해 총을 쏘았어. '이 새끼는 아직 안 죽었네!'하며 아들을 쏘던 군인들의 목소리가 지금도 귓가에 쟁쟁해. 아들은 가슴을 정통으로 맞아 심장이 다 나왔어. 그들은 인간이 아니었어.……."

— 양복천, 1915년생.

"1948년 12월 14일 오후 5시쯤 갑자기 군인과 경찰이 마을에 들이닥쳐 한 사람도 빠짐없이 향사로 집결시켰어요. 그들은 열여덟 살에서 마흔 살 사이의 남자들과 얼굴이 고운 처녀만을 골라 밧줄로 묶어 표선리로 끌고 갔지요. 그 후 남자들은 12월 18일과 19일 양일에 걸쳐 표선 백사장에서 학살당했고, 여자는 군인들의 노리갯감이 되었다가 군대가 이동하게 되자 최종적으로 12월 27일에 표선 백사장에서 총을 맞은 후 또 칼에 찔려죽었어요.

— 김양학, 1941년생.

어리고 약한 것들을 측은하게 여기는 마음이 있기에 인간은 동물과 차별돼 고귀한 존재다. 하지만 과연 인간이 고귀한 존재일 수 있는가? 거창에서 노근리에서 제주에서 일어났던 일들에 대해 읽고 들으며 나는 인간이 과연 고귀한 존재라고 자부할 수 있는지 혼란스럽다. 사상이 다르다고, 내 편이 아니라고, 내 이익을 해칠 가능성이 있다고 해서 다른 인간을 주저 없이 '박멸해야 할 대상'으로 인식하고, 거침없이 칼을 휘두를 수 있는 이들을 나는 도저히 따뜻한 피를 가진 동료 인간으로 생각할 수가 없다. 나 역시 그들에게는 박멸되어야 할 존재에 불과할 지도 모를 일이니.

비는 조금씩 굵어지고, 절집은 희붐하게 떠도는 비안개 속에 무겁게 잠겨 있다. 푸른 숲에 겹겹이 싸여 아늑하고, 특유의 현무암으로 지어진 불상과 탑들이 첩첩하다. 육지의 어느 절집에서 이런 풍광을 보았던가. 고색창연하지 않아도 여느 천년사찰만큼이나 세월이 느껴지니 묘한 일이다.

관음사는 겨우 100년 남짓한 가람. 천 년이 훌쩍 넘는 역사를 자랑하는 사찰이 흔해빠진 터에 100년 역사의 절집이라면 아직 송진 냄새도 가시지 않았다고 할 만하다. 하지만 눈에 보이는 것들이 전부가 아니라는 것 또한 우리는 안다.

사실 제주에는 육지처럼 흔하디흔한 천년사찰이 없다. 불교의 영향을 늦게 받아들여 그런 게 아니다. 육지 불교와 전파경로가 달랐기 때문이라고 연구자들은 설명한다. 육지 불교가 중국을 통해 들어왔다면 제주의 불교는 인도로부터 직접 들어왔다고 그들은 말하는데, 한라산, 가실, 오라동, 아라동, 마라도, 가파도 등등의 지명들이 그 영향을 받은 때문이라고 본다. 어쨌든 제주로 들어온 불교는 토착신앙과

결합하여 번성하면서 대가람을 이루어 발전하기보다는 민간신앙 속에 섞여 생활 속에서 이어져 왔던 게다.

게다가 숙종 재위 당시 제주목사였던 이형상이 '제주에는 잡신이 많다'라고 하면서 사당은 물론이고 500여 사찰을 모조리 없앴던 탓에 이후 200여 년 동안 제주에는 사찰 자체가 존재할 수 없었다. 제주 불교 입장에서는 참혹한 수난을 만난 셈이다. 1912년이 되어서야 겨우 '안 봉려관'이란 비구니 스님에 의해 관음사가 중창되어 싹을 틔웠지만 4.3사건이 사찰이라고 해서 비켜가지는 않았으니, 관음사가 1963년 중건되어 오늘날에 이르기까지는 온통 가시밭길을 헤치고 걸어온 셈이다.

그렇게 관음사가 재건되어 틀을 갖추어온 것처럼 세상 또한 조금씩 야만을 극복해왔고, 4.3사건도 조금씩 진상이 드러나고 있다. 과연 야만의 시대는 완전히 극복된 것인가? 연화蓮花는 피어날 것인가.

봉령각奉靈閣에는 이런 주련이 달려 있다.

若人欲識佛境界 약인욕식불경계
當淨其意如虛空 당정기의여허공
遠離妄想及諸趣 원리망상급제취
令心所向皆無得 령심소향개무득

누가 있어 부처의 경지를 알고자 한다면
그 마음을 허공처럼 깨끗이 하라.
망상과 온갖 악업을 멀리 하면

마음 가는 곳마다 아무런 걸림이 없으리라.

☷

慈光照處蓮花出 자광조처연화출
慧眼觀時地獄空 혜안관시지옥공

자비광명이 비치는 곳 연꽃이 피고
지혜의 눈으로 보면 본디 지옥도 없는 것이니.
— 봉령각

이데올로기를 구실로 눈에 거슬리는 모든 생명들을 도륙했던 이곳에서, 그저 밭을 매며 하루하루를 보내던 아낙들과 코흘리개 어린아이까지 빨갱이로 몰아쳐 죽음까지 모욕하는 자들이 여전히 넘쳐나는 지금, 주련의 뜻을 어떻게 새겨 받아야 할지 망연하다. 아이와 여자들이 피를 흘릴 때 부처의 자비는 어디에 있었는가.

누군가는 이렇게 말했다.

"눈앞의 인연을 '어떻게' 맞이할 것인가.
'어떻게'에 담긴 기준에 따라 지옥과 천상이 결정된다."

☷

青蓮座上月如生 청련좌상월여생
三千界主釋迦尊 삼천계주석가존

紫紺宮中星若列 자감궁중성약렬

十六大阿羅漢衆 십육대아라한중

푸른 연좌 위에 달처럼 앉으신 분
삼천계의 주인이신 석가세존일세.
자감궁 한 가운데 별들이 벌려선 듯
열여섯 대 아라한이 모여 있네.

— 산신각, 독성각

願此鍾聲遍法界 원차종성변법계

鐵圍幽暗悉皆明 철위유암실개명

三途離苦破刀山 삼도이고파도산

一切衆生成正覺 일체중생성정각

원컨대 이 종소리 법계에 두루 퍼져
철위산의 깊고 어두운 무간지옥 다 밝히며
지옥, 아귀, 축생의 고통과 도산의 고통을 모두 여의고
모든 중생 바른 깨달음 이루게 하네.

— 종각

칠현산 칠장사

10세기 무렵부터 존재했던 것으로 추정되지만 정확한 기록은 없다. 고려 시대 혜소 국사가 이곳에 머물면서 일곱 명의 악인을 교화하여 현인으로 만들었다는 데서 절 이름이 유래한다.

인목대비가 아버지 김제남과 아들 영창대군의 원찰로 삼아 크게 중창했으나 1674년 권력자들이 묘를 쓰기 위해 불태운 뒤로 중창과 소실을 거듭하다가 고종 때 다시 중건되었다.

대웅전, 사천왕문, 원통문, 명부전, 나한전 등 12동의 건물이 있으며, 혜소 국사탑, 탑비, 철제당간 등의 유물이 남아 있다.

칠 형제 그리고 갓바치 스님

5백년이 지나 2510년이 되었다.

대도 조세형이나 신창원이 영웅이 될 수 있을까?

모를 일이다.

21세기의 임꺽정은 영웅일 수 있을까?

알 수 없다. 본질과 이미지가 반드시 일치하는 건 아니니까. 하여, 오해와 폄훼의 그늘에 묻힌 군자가 허다한 반면 세상을 속이고 역사를 속여 온 소인배도 있게 마련이니까.

하여튼… 영웅과 도적의 갈림은 오로지 민중이란 거울에 비쳐진 이미지. 민중의 눈에 임꺽정은 의적이었다. 그는 정의를 붙들고 옳고 그름을 따져가며 칼을 휘두르거나 가난한 이를 구제하고자 불의한 재물을 강탈했던, 소위 의협의 도적이 아니었음에도 그렇다. 그러하다. 임꺽정은 홍길동과 다르고, 장길산과 달랐다. 홍길동처럼 유토피아를 꿈꾸지 않았고, 장길산처럼 시대적 불화를 극복하고자 동과 서로 달렸던 인물도 아니었다.

그럼에도 임꺽정은 민중의 영웅으로 기억된다. 왜인가. 왜 한낱 도적에 불과했던 그를 민중은 의적이라는 이름으로 감싸주고 싶어 했던 것일까? 왜 자신들의 영웅으로 기억하고 싶어 했던 것일까? 어쩌면 임꺽정은 불의한 시대를 향해 하이킥을 날렸던 자이고, 썩은 권력을 비웃고 농락함으로써 민중의 억눌린 불만을 속 시원히 풀어주는 대리 만족의 아이콘이었을 지도 모를 일이다.

임꺽정이 활동했을 당시의 세상은 바야흐로 난세. 문정 왕후를 등에 업은 윤원형과 그의 첩 정난정이 무소불위 날뛰던 시대였다. 군자의 길을 포기하고 일신의 부귀영화를 택한 소인배들의 세상, 추악하고 비루한 영혼들이 높직이 앉아 천하를 호령하는 구역질나는 세상에서 멀미를 하지 않을 자가 있을 것인가? 조광조나 김식과 같은 군자들이 역적의 이름으로 꼼짝 없이 죽어나가는 세상에서, 비루한 권력을 비웃고 농락하는 도적에게 영웅의 이미지가 덧씌워지는 건 오히려 당연한 일이 아니었을까.

임꺽정이 누군가. 이긍익이 쓴 《연려실기술》에는 이런 기록이 있다.

임꺽정은 양주의 백정으로 성품이 교활하고 또 날래고 용맹했으며 그 무리 10여 명이 모두 날래고 빨랐다. 도적이 되어 민가를 불사르고 소와 말을 빼앗고 만약 이에 항거하면 살을 베고 사지를 찢어 몹시 잔인하게 죽였다. 경기에서 황해에 이르는 사이의 아전과 백성들이 적과 비밀히 결탁하고 관에서 잡으려 하면 반드시 먼저 알려 주었으므로 거리낌 없이 돌아다녀도 관에서 잡을 수가 없었다. 조정에서 선전관을 시켜 염탐케 하였더니 미투리를 거꾸로 신고 혼란하게 한 뒤 뒤에서 활을 쏘아 죽였다.

기록에서처럼 판을 크게 벌였던 잔인한 도적, 하니까 전국구 조폭. 실제 임꺽정의 모습이었을 게다. 하지만 임꺽정을 낳고 키운 건 바로 그 시대적 상황이었다. 그 일당들 대부분은 몰락한 농민, 도망한 노비, 백정 등 천대를 받고 착취당하던 하층민들이었는데, 흉년으로 빈 솥을 긁는 판에 조정과 지방 관리들의 가렴주구와 수탈로 발을 붙이고 살 수 없게 되었으니 죽기 아니면 까무러치기가 아닌가. 자고로 힘과 무예가 뛰어났음에도 무엇 하나 제대로 해볼 수 없는 처지에 빠진 자들이 도적의 길로 들어서게 되는 건 어쩌면 당연하였을 게다.

부슬부슬 비가 내린다. 가을비다. 들판이 황금빛으로 물드니 풍요로운 수확을 노래하는 계절. 하지만 농사를 지어 그 쌀을 어린 자식의 입에 넣어줄 수 없을 때, 그 황금색은 슬픔의 빛깔일 테다. 그러니 수천 수백 년 동안 저 풍요로운 들판에 고여 쌓인 한숨과 탄식의 무게는 또 얼마나 될 것인가. 그 한숨과 탄식의 무게가 임꺽정을 만들고 장길산을 만들었을 게다.

길이 흘러 산으로 간다. 쓸쓸하고도 고적하다. 절집이 멀지 않다. 나지막하게 눈앞을 가로막는 건 고려 초의 승려 혜소 국사가 일곱 도적을 가르쳐 현인을 만들었다고 해서 이름 붙인 칠현산, 그 아랫자락 품속에 칠장사가 들어 있다. 천 년 세월에 걸쳐 맥을 이어가는 절집, 조선 7대 명당 중 하나로 꼽히는 터에 자리를 잡아 한때 50~60동이 넘을 정도로 대찰의 면모를 보이며 번성하기도 했던 절집, 조선에 이르러 불교가 탄압을 받으면서 사찰 전체가 불타고 승려들이 쫓겨나는 참화를 두 번이나 겪었던 사연 많은 절집이다.

기나긴 역사를 이어오다 보니 얽혀 있는 이야기 또한 많아서, 후삼

국 시대에는 궁예가 몇 년 동안 머물러 수행했던 곳이요, 벽초가 《임꺽정》을 집필하면서 여러 번씩 찾아와 임꺽정 형제들이 결의한 곳으로 묘사한 곳이니, 이는 《임꺽정》에서의 묘사에 따르면, 갖바치 스님 병해 대사가 도를 베풀며 수행하던 절집인 탓이다.

'칠장사 서쪽 산기슭 편편한 땅에 새로 세운 소도바가 한 개 있으니 이 소도바에 들어 있는 한줌 재는 팔십오 세 일생을 이 세상 천대 속에서 보낸 사람이 뒤에 끼친 것이다. 그 사람이 초년에는 함흥 고리백정이요, 중년에는 동소문 안 갖바치요, 말년에는 칠장사 백정 중이라, 천인으로 일생을 마쳤으나, 고리백정으로는 이 고리의 처삼촌이 되고, 갖바치로는 조정암(조광조)의 지기가 되고 백정 중으로는 승속 간에 생불 대접을 받았었다. 생불이 돌아갈 때 목욕하고 새 옷 입고 앉아서 조는 양 숨이 그치었는데, 그날 종일 이상한 향내가 방안에 가득하고 은은한 풍악소리가 공중에서 났다고 소문이 자자하였다.'

— 홍명희, 《임꺽정》 중에서

갖바치 스님 병해 대사는 소설 속에서 임꺽정의 스승으로 그려지고 있는 인물이다. 실제로 스님이 임꺽정을 제자로 거두어 가르쳤었는지는 확인해볼 수 없지만, 벽초가 묘사한 스님의 면모는 실록에 적히거나 돌에 새겨져 전해져오는 바 없어도 오히려 생생하다.

백정으로 지낼 때는 스스로 공부하여 백정학자로 불렸고, 묘향산에 이르러 스승 이천년을 만나면서 음양오행의 이치를 꿰뚫은 사람… 일가를 이룬 학문으로도 낮고 낮은 저잣거리로 돌아와 가죽신을 만드

는 사람… 평생지기인 정암 조광조가 비극적인 운명에 처하자 갖바치로서의 삶마저 접고 묘향산으로 들어가 머리를 깎는 사람… 고치를 벗고 허공으로 날아가는 나비처럼 백정 양주팔에서 갖바치로 그리고 칠장사의 생불 병해 대사로 성큼성큼 나아는 사람… 하여 의술로 사람들의 병을 고쳐주고, 중생의 번뇌 한복판에서 우주를 꿰뚫는 지혜로 생불의 길을 가는 사람….

수행하고 배우는 자의 길을 그이처럼 환히 보여주는 이가 있을까.

천왕문은 비를 맞으며 언덕 꼭대기에 서 있다. 계단을 올라 그 문을 들어서면 대웅전과 누각과 요사들이 벌려선 마당이 나서겠지만, 버린다. 왼편으로 이어지는 흙길을 오른다. 본전 건물들 머리 위로 돌축대가 터를 받쳐 길쭉하게 누워 있는 마당이 있고, 기도처로 유명한 나한전과 전설을 품고 있는 혜소국사비가 있다.

빗줄기가 조금 약해진다. 정상을 향해 숲속으로 사라지는 오솔길을 바라본다. 나이 지긋한 사내들 아낙들이 우비를 펄럭이며 숲으로 간다. 지극 정성이다. 문득 나한전 처마에 잇대 만들어진 기도처에서 보살 한 분이 손짓한다. "떡 좀 잡숴 보시려우?" 빙긋, 웃음기를 물며 고개를 저어 사양한다. 때마침 도착한 여인네들이 지극한 몸짓으로 오체투지 한다. 아마도 아들이 딸이 좋은 대학에 합격하기를 간절한 마음으로 기도하는 거겠지. 어사로 이름 높은 박문수가 이곳에서 기도한 뒤 장원급제 하였다는 이야기가 전해지고 있어 예나 지금이나 기도하러 오는 아낙들의 발길이 끊어지지 않는다는데… 출세의 방편으로 지식을 쌓고 그 지식을 바탕으로 일신의 부귀영화를 낚아채려는 사람들의 욕망이 대저 이러하다.

배움이 군자의 도를 이루고자 함이 아니라 출세를 위한 하나의 방편이 될 때 우리는 윤원형과 같은 소인배들에게 손가락질 할 수 없게 되겠지만 세간의 공부하는 이유는 이로부터 한 치도 벗어남이 없다. 우리들의 어미는 곧잘 말했었다. "배워서 남 주니?" 지식이 곧 권력이 되고 돈이 되니 배워 지식을 쌓으면, 미래엔 떵떵거리며 살 수 있다는 말이겠다.

틀렸다.

갖바치 스님이 스승으로부터 배워 우주의 이치를 모조리 익혔을 때, 그는 다시 저잣거리로 돌아온다. 공부로 세상을 주름잡거나 권세를 따라가지 않는다. 지극히 낮은, 일상으로 돌아간다. 도로아미타불인가? 아니다. 공부한 자의 일상은 곧 생사의 관문마저 뛰어넘은 대자유의 세계이므로…. 양명학자 왕심재는 이렇게 노래했다.

즐겁지 않으면 배움이 아니고, 배우지 않으면 즐거움이 없다. 즐거운 연후에야 배운 것이고, 배운 연후에야 즐겁다. 고로, 즐거움이 배움이고 배움이 곧 즐거움이다! 아아! 세상의 즐거움 중에 이 배움만한 것이 또 있을 것인가?

세상에 발붙이고 살면서 세상사의 성공을 외면하며 학처럼 살 수는 없는 일이다. 하지만 나한전 부처님 앞에 엎드려 오체투지 하는 이 땅의 어미들을 바라보는 것 또한 가슴 답답한 일이 아닌가.

고봉 스님은 노래했다.

海底泥牛含月走 해저니우함월주
巖前石虎抱兒眠 암전석호포아면
鐵蛇鑽入金剛眼 철사찬입금강안
崑崙騎象鷺鷥牽 곤륜기상로자견

바다 밑 진흙소는 달을 물고 달리고
바위 앞 돌호랑이는 아이를 안고 졸고 있네.
쇠뱀이 금강역사 눈 속을 뚫고 드니
곤륜산 코끼리를 타고 자고새를 몰고 가네.

— 대웅전

깨달아 도의 세계를 넘겨다본 사람은 자유 자재하다고 말한다. 공부하고 수행하는 건 아무 것에도 걸림이 없는 대자유를 누리기 위함인 게다. 진흙소가 달을 물고 바다 밑을 달리는 것이 있을 수 없는 일이요, 돌호랑이가 아이를 안고 조는 일이 있다면 천지개벽할 일이겠다. 하지만 공부를 하는 건 이런 이성적인 알음알이를 벗어나는 일이다.

그물에 걸리지 않는 바람처럼 대자유의 경지로 나아가기 위함이다. 무릇 공부를 한다면, 이쯤은 되는 목표를 두고 해야 되지 않을까.

똑같은 물을 마셔도 뱀이 마시면 독이 되고, 소가 마시면 우유가 된다 하였다. 《임꺽정》에서 보면 같은 스승에게 배웠어도 김륜은 사주쟁이에 머물렀을 뿐이고 병해대사는 생불이 되었다. 배움의 목적은 이토록 중요하다. 고시촌의 꺼지지 않는 불빛 아래서 책을 들여다보는 이들의 마음자리는 어디에 있을까, 새삼 궁금하다.

正法明王觀世音　정법명왕관세음
寶陀山上琉璃界　보타산상유리계
影入三途利有情　영입삼도이유정
形分六道曾無息　형분육도증무식

정법명왕여래이신 관음보살님은
보타산 위 맑은 세계에 계시네.
삼도와 지옥에 그림자처럼 들어가 모든 유정 이롭게 하시며
육도를 갈라놓아 다시는 윤회하지 않게 하시네.

— 원통전

四大天王威勢雄　사대천왕위세웅
護世巡遊處處通　호세순유처처통
罰惡群品賜災隆　벌악군품사재륭
從善有情貽福蔭　종선유정이복음

사대천왕의 위엄 크고도 웅장하여라.
온 세상 지키시고 모든 곳에 나투시며
악한 무리에게 벌을 주어 재앙을 내리시고
착한 일 하는 사람에겐 은덕과 복을 내려주시네.

— 천왕문

명성산 자인사

산정호수 북단의 작은 사찰. 본래 고려 초기부터 암자들이 있었던 것으로 전해지지만 모두 폐사되고 자인사만 1965년부터 세워지기 시작해서 오늘에 이르고 있다.

궁예가 왕건에게 쫓겨 이 명성산으로 들어왔다고 알려져 있는데, 자인사는 궁예와 왕건의 악연을 풀어주기 위한 사찰이다. 스스로 미륵으로 칭했던 궁예를 위해 커다란 미륵불상을 조성해 놓기도 했다.

절집 자체는 특이한 점이 없으나 명성산의 절경과 산정호수를 찾는 사람들이 들러 물맛이 좋기로 유명한 자인사 약수를 마시고 가곤 한다.

궁예의 눈물

하고 싶은 말이 있어도 입이 없으니 그는 목이 잘린
자다. 말들을 쏟아내는 혀는 늘 산 자에게 붙어 있다. 산 자는 이미 죽
은 자를 살려내기도 하고 흙구덩이에 파묻어버릴 수도 있는 자, 그들
은 결코 진실만을 기록하지 않는다. 하여 패한 자들에게 내려지는 평
이란 게 늘 가혹하기 마련이어서 패자는 '성품이 포학하고 무능한 데
다 하늘의 도리조차 짓밟는 자'다. 걸왕, 주왕, 유왕은 음란하고 포악
하여 나라를 망친 자들이고, 의자왕 보장왕은 황음과 무능으로 사직
을 잃었으니, 후삼국 태봉의 궁예 또한 그러하다.

천하를 놓고 승부를 결하는 마당이니 스포츠 세계의 라이벌과는
달라서 상대는 같은 하늘을 이고 살 수 없는 관계다. 하여, 한 사람을
두고 만들어진 기록들이 사실에 부합하기보다는 악평과 누명이 덧붙
기 쉬워서 천년 세월이 흘러간 지금 한 인간의 오롯한 모습을 찾아내
는 일은 가능하지 않다.

자고로 난세에는 스스로 몸을 세워 영웅을 자처하는 자들이 우후
죽순 솟아나는 법, 신라가 명을 다해가자 저마다 칼을 모아 무리를 짓

는다. 천하가 어지러워진다. 바야흐로 붓의 시대가 저물어 칼의 시대다. 한낱 도둑의 무리조차 세를 키워 장군과 군주를 자처하는 시대, 궁예는 바로 그런 시대를 살았다.

궁예의 운명은 출생부터 예사롭지 않았다. 왕과 궁녀를 아비로 삼고 어미로 삼아 엄연한 신라 왕자의 신분이었다. 하지만 왕의 피붙이라 하여 호사스런 삶을 보장받을 수 있었을까? 나라에 해를 끼칠 아이라는 천문관의 말 한 마디에 핏덩이는 즉각 죽을 운명에 처해졌고, 가까스로 목숨을 건져 도망칠 수 있었지만 애꾸눈이 된다. 죽어야 하는 자가 살아났으니 운명이 평탄할 수는 없는 법. 강원도 세달사에서 출가해 승려가 되었지만, 제대로 계율을 지키는 얌전한 수행자는 되지 못했다. 쫓겨난 자의 한과 야망으로 불타는 성품을 가진 사내가 어찌 공부하는 일로 한 생을 보낼 수 있겠는가.

궁예는 송곳처럼 튀어나온다. 북원과 국원 일대를 휘어잡은 세력가 양길에게 몸을 위탁하면서부터다. 자, 이제 능력을 발휘할 여건이 무르익었다. 말단 장교로 등용된 궁예는 양길을 설득해 600여 명의 군사를 빌려 명주(강릉)로 출정한다. 명주 출정에 나서는 동안 군세가 3,500여 명에 이를 정도로 커졌는데, 이는 병사들과 함께 먹고 함께 자며 모든 일을 공평무사하게 처리하여 장졸로부터 사랑과 신망을 크게 얻은 까닭이다. 이는 궁예가 단순한 폭군일 수 없는 예가 되며, 병졸과 민중이 마음으로 궁예를 사랑하고 따랐음을 말해준다. 명주의 호족 김순식까지 땅을 들어 귀순한다.

궁예는 순식간에 날아오른다. 양길을 밀어내고 한반도 중부의 패자覇者가 된다. 왕건이 속한 송악 세력과 강력한 군사력을 보유하고 있던 예성강 지역의 고구려 출신 호족들까지 귀부한다.

양길을 패퇴시키며 후고구려를 세운 이때가 궁예에겐 좋은 시절이었을 게다. 천하는 다시 3분되어 이미 늙은 신라와 견훤의 후백제 그리고 궁예의 후고구려가 솥발처럼 할거하여 맞선다. 이미 신라는 망조가 든 지 오래였으니 장차 천하는 견훤 아니면 궁예의 손에 들어올 터였다.

하지만 궁예의 적은 견훤이 아니었다. 왕건이었다. 왕건이 크고 작은 전쟁에서 승리를 쌓아갈 수록 궁예는 점차 고립된다. 수도 없이 숙청을 거듭하고 철원으로 도읍까지 옮겨갔어도 한번 쏠리기 시작한 세력의 움직임은 돌리기 어렵게 된다. 나라 이름을 후고구려에서 마진으로 다시 태봉으로 고친 것도 고구려 출신 호족들의 이탈을 부추긴다. 본래 궁예는 고구려와 아무런 인연이 없었음에도 고구려 출신 호족들의 지지를 끌어내기 위해 후고구려라는 국호를 사용했던 터다. 그러니 국호를 바꾸면서 호족들은 궁예에 대해 의구심을 품게 되었고, 결국 왕건에 대한 지지로 옮겨가는 한 원인이 되었을 것이다.

궁예는 무슨 수를 쓰든 왕건을 제거하거나 약화시키고 싶었을 게다. 그는 권력을 위협하는 최대의 위험이었으니까. 스스로를 미륵불로 칭하면서 '관심법' 운운하여 신하들을 도륙한 것도 왕건의 수족을 제거하기 위한 방편이었다.

하지만 시간이 흘러갈수록 궁예는 고립무원에 빠진다. 믿고 의지하던 청주 세력도 왕건의 지지 세력으로 바뀌었고, 철원에서조차 믿을 자가 없었다. 같은 이불을 덮고 잠들던 왕비 강 씨까지도 왕건의 지지 세력이었다. 음란하다는 누명을 씌워 강 씨와 두 아들까지 죽여 버린 것은 이런 정치적 견해 차이 때문이었다. 영조와 사도세자처럼.

궁예는 무너지고 있었다. 정치적인 이유로 아내와 자식까지 죽음으로 내몰았던 자의 비애. 자신을 빼곤 누구도 믿을 수 없게 된 자는 스스로를 죽일 수밖에 없다. 까닭 없는 분노에 사로잡히고 죄 없이 부

하장수를 죽이니 신하들의 마음이 붙어 있을 수가 있겠는가. 이제 궁예에게는 믿을 수 있는 신하들이 거의 남아 있지 않았다. 소판 종간과 내부장군 은부 정도만 여전히 충성할 뿐.

한 밤중, 궁예는 왕건이 군사를 일으켰다는 말을 듣고 성을 빠져나간다. 그 뒤의 행보는 두 가지로 엇갈리는데, 미복 차림으로 도망하면서 부양에 이르렀을 때 보리 이삭을 훔쳐 먹다 백성의 손에 죽었다는 게 하나다.

이 기록은 신뢰하기 어렵다. 궁예가 고립무원의 상태에 있었다는 건 사실이지만 홀로 도망쳐 백성의 손에 죽었다는 건 믿기 어렵다. 궁예를 따르는 세력은 여전히 건재했다. 종간과 은부는 물론이고 환선길과 이흔암 그리고 청주의 일부세력과 명주의 호족 김순식은 충신이었다. 명주는 고려가 건국되고도 5년 동안이나 귀부하지 않았다.

궁예는 철원에서 조금 떨어진 보개산에 성을 쌓고 항전하였다고 하는데, 왕건이 제위에 오르고 불과 5일 뒤에 환선길과 이흔암이 반란을 일으켰던 건 궁예와 연합하기 위함이었을 게다. 하지만 이들의 거병은 모두 실패로 끝나고 종간과 은부 또한 처형되었으며 궁예는 다시 보개산성에서 패한다.

궁예는 결국 패한 무리를 이끌고 명성산으로 들어간다. 그곳에 성을 쌓고 최후의 항전을 준비하지만 기울어진 운명을 되돌릴 수는 없다. 가파른 산등성이에 성을 쌓는다고 어찌 불처럼 일어나는 적을 막을 수 있겠는가. 망국의 슬픔과 신세를 한탄하며 궁예와 군사들은 목을 놓아 울었다고 했다. 명성산, 울음산이라 이름이 붙은 연유다.

패한 자에게 남은 선택은 죽음뿐이다. 그의 죽음을 두고 어떤 기록은 자살했다고 하고 혹은 부하의 손에 죽음을 당했다고도 한다. 부하들의 목숨이라도 살리기 위해 자신의 목을 내놓았다면 이 또한 자살일

터이니, 망국의 군주는 스스로도 목을 붙이고 살 수 없는 게다. 재위 18년 동안을 폭군과 성군의 갈림길에서 갈팡질팡하던 한 인간의 애사. 바람이 불어 낙엽이 흩날린다.

하늘은 눈물처럼 투명하다. 맑게 번지는 햇살을 받아 은행잎들은 금동불처럼 빛나고, 붉게 누렇게 갈아입기 시작한 숲이 눈부신 빛살을 퉁긴다. 바야흐로 행락하는 계절, 애꾸눈 임금 궁예를 만나기 위해 자인사로 향하는 길에는 이미 가을이 깊었다. 산정 호 주차장을 지나서도 외줄기로 흘러가는 길 위엔 자동차들이 빼곡하고, 단풍잎 같은 옷으로 사람들 또한 북적이건만 누가 있어 천 년 전 궁예의 슬픔을 생각해줄까.

절집 진입로 소나무 숲길을 아이는 고무공처럼 걸어간다. 가끔씩 멈춰 가슴을 크게 부풀린다. 숲속을 배회하는 공기가 달다. 저만치 바위 벼랑 아래로 절집 건물들이 모습을 드러낸다. 극락보전 아래 익살스럽게 앉은 커다란 미륵불을 보며 아이가 키득 웃는다. "욕심쟁이 할아버지 같아!" 포대화상처럼 불룩 솟은 배를 보자니 아이의 생각이 이해가 가는 것이어서 따라 웃는다. 그리고 보니 이런 외모를 가진 미륵을 본 적이 있었던가? 식탐 많은 개구쟁이 같은 얼굴을 가진 미륵을?

자인사慈仁寺. 이곳은 본디, 궁예가 왕건에게 쫓겨 명성산성에 진을 치고 있을 때 제사를 지내던 바위가 있는 곳. 궁예가 죽은 뒤에 왕건은 이곳에 작은 암자를 세웠더랬다. 그렇게 수백 년을 이어오다 대부분의 절집들이 그러하듯, 자인사 역시 수많은 전란에 휩쓸려 폐허로 남았던 것을 불과 40여 년 전 작은 법당이 세워지면서 조금씩 절집 꼴을 갖추게 되었다 했다. 천년고찰의 고미古美를 찾을 수 없어도 서운하지는 않다. 비록 중창된 역사가 짧고 볼만 한 문화재들이 적어 아

쉽기는 해도 사람들의 발길이 오래 머무는 것은 이곳에 서린 역사가
깊고 그린 듯 아름다운 풍광 탓이며, 부처 또한 이 법당이나 저 산하
에만 머물러 있음이 아닌 까닭이다. 진리 그 자체에 머물러 있는 까닭
이다.

極樂堂前滿月容 극락보전만월용
玉毫金色照虛空 옥호금색조허공
若人一念稱名號 약인일념칭명호
傾刻圓成無量功 경각원성무량공
依眞而住非國土 의진이주비국토
示現普身等一切 시현보신등일체

극락당의 둥근 달과 같은 부처님 얼굴
옥호의 금빛은 허공을 비춘다.
만약 사람들이 한 마음으로 그 명호를 부른다면
한 순간에 한량없이 큰 공덕을 이루리라.
부처님은 국토에 머물러 계시지 않으니
진리 자체로 스스로 머무시네.
— 극락보전

가을단풍을 걸치고 산을 내려온 사람들이 법당에 들러 오체투지
하거나 약수 한 모금과 함께 잠시 머문다. 꼭이나 대단한 마음으로 절

집을 찾을 일도 아닌 게다.

극락보전 앞 돌난간에 잠시 기대 해바라기 한다. 맑디맑은 햇살. 사람도 이 햇살처럼 맑아졌음 싶다. 분노도 원한도 잊고 허공이었으면 싶다. 이 절집 이름을 '자인慈仁'이라 한 까닭이 궁예와 왕건 사이에 맺힌 악연을 풀고 미륵세계를 염원하는 마음이었다니, 지금쯤 그들은 화해하였을까? 궁예의 한은 풀어졌을까?

어쩌면 그에게 씌워졌던 폭군의 굴레부터 벗겨줘야 할런지도 모르겠다. 철원 인근 지방에서 자주 찾을 수 있는 그에 관한 이야기들에서 생각해보건대, 신하들은 그를 버렸어도 민초들은 최후까지 그를 버리지 않았음을 알 수 있다. 그가 잔학한 폭군이기만 했다면, 그의 최후를 두고 민초들이 연민과 아쉬움을 보였을 리는 없는 까닭. 궁예의 일생을 다시 조명해봐야 할 이유가 여기에 있지 않을까? 공은 공대로 과는 과대로 올바로 평가받는 순간, 궁예의 슬픔도 조금쯤은 덜어질 듯싶다.

자인사 미륵불 위로 맑은 햇살이 아낌없이 쏟아진다. 미륵의 천진한 미소가 반짝인다. 🐢

화산 용주사

정조가 아버지 장헌세자를 화산으로 옮긴 후, 갈양사가 있던 자리에 원찰을 세워 용주사라 하였다.

주요문화재로 국보 제120호인 용주사 범종이 있으며, 정조가 이 절을 창건할 때 보경을 시켜 제작한 《불설부모은중경판佛說父母恩重經板》이 있다.

대웅보전의 현판은 정조의 글씨며, 대웅보전의 후불탱화가 김홍도의 그림이라고 하나 확실한 근거는 없다.

효행을 새삼 일깨워주는 사찰이다.

지극히 귀한 몸으로 태어나

소녀들은 선망한다. 꿈꾼다, 백마를 타고 오는 왕자님을.

넘치는 부와 권력을 한손에 쥔 남자, 지상에서 가장 고귀한 씨알. 어떤 처자의 가슴이 설레지 않겠는가. 수 천 년 세월이 흘러 더 이상 신분질서로 유지되는 세상이 아니어도 '왕자' 라는 단어는 여전히 매혹이다.

그는 지존의 씨알이라는 단 한 가지로 사람들이 갖고 싶어 안달하는 모든 것을 충족한 존재다. 더 보탤 무엇도 없는 상태, 세상 누구보다 행복해야 할 몸이다. 하지만 그런가? 인간사는 소유하고 누리는 것만으로 행복을 담보할 수 있을 만큼 단순하지가 않다. 호화로운 궁궐에서 태어나 불행한 삶을 살아야 했던 이들이 오히려 넘친다. 제 명을 누리지 못하고 죽어야 했던 이들을 세는 데도 손가락이 부족하다.

고려 태조는 스물아홉 명의 비를 두어 서른여섯 명의 왕자와 공주를 얻었지만 불과 손자 대에 이르렀을 때, 전체 왕족이 40여 명에 불과할 정도로 피바람이 그치지 않았다. 조선이 개국되어서도 마찬가지다. 태조의 아들 방번과 방석, 세종의 아들 안평대군 금성대군, 연산

군의 세자 이황과 창녕대군, 선조의 아들 영창대군, 인조의 아들 소현
세자와 그의 아들들 그리고 장헌(사도)세자에 이르기까지… 비참한 최
후를 맞이한 왕자들로 넘친다. 이쯤 되면 오히려 평민으로 살아가는
게 속편하지 않을까 싶을 정도다. 권력 때문에 천륜을 저버리는 일은
없을 테니 말이다.

흔히 자식을 이기는 부모 없다고 하고, 자식을 위해서라면 목숨조
차 아깝지 않다는 말을 하고 듣는다. 그런가? 쓸쓸한 일이지만 그렇지
만도 않다. 역사를 잠시만 들춰봐도 권력 앞에서는 부모자식 간의 정
이란 게 창부娼婦의 지조보다 무겁지 않음을 본다.

잠깐만 떠올려 봐도 손가락 몇 개쯤은 금방 채운다. 태종은 형제는
물론 아버지 태조의 마음까지 죽였고, 세조는 형제와 조카를 죽였다.
인조는 아들과 며느리에 더해 손자들까지 죽였다. 영조와 장헌세자는
또 어떤가. 권력을 앞에 두고는 부자지간의 천륜이란 게 깃털보다 가
벼운 게다.

허기를 견디다 못해 부채까지 뜯어 입에 넣는다. 마실 물 한 모금
조차 주지 않으니 혀가 말리고 목구멍이 갈라져 터진다. 아무리 목숨
을 살려달라고 아비를 향해 부르짖어 보지만 거들떠보지도 않는다.
아비는 진즉 자식을 버렸다. 차라리 사약을 내려 목숨을 거두어 갔더
라면 왕세자로서 품위라도 지킬 수 있었으련만 뒤주에 가둬 음식을 끊
고 물을 끊어 목숨을 거두니 어느 아비의 정이 이토록 가혹할까.

벽을 두드리고 긁어댈 힘조차 이미 남아 있지 않다. 웅크린 몸조차
마음대로 펼 수 없는 공간, 물 한 모금 얻어 마시지 못한 여름날이 또다
시 저물어간다. 숨 한 번 쉬는 것조차 고통인 시간, 그 시간들도 이제
끝나가고 있다. 인간으로 견딜 수 있는 시간이 유한하고 보면 이미 한

계가 넘은 지 오래다. 아버지는 여전히 귀를 닫고 있다. 여드레째다….

　그의 목숨을 살리고자 애쓰는 사람은 오직 어린 아들 하나였다. 하늘 아래 그의 편은 아무도 없었다. 사방이 적이었다. 자식을 죽이려는 아비와 자식의 죽음을 외면하는 어미, 남편을 버린 아내와 사위를 제거하기 위해 음모를 꾸미는 장인 형제… 권력을 두고 벌어지는 싸움은 이토록 지독하고 더러워서 천륜을 부서트리고 인륜은 씹다 뱉은 껌조각일 뿐이었다.

　마른 입술을 물어뜯으며, 그렇게 세자는 죽었다. 가장 귀한 존재로서 세상의 어떤 백성들보다도 비참한 최후를 맞이했다. 그랬다. 한스러웠을 게다. 이해할 수 없었을 게다. 하지만 비극의 씨앗이 뿌려진 것은 이미 오래 전이었다. 숙종 때다.

　장희빈에게 내린 사약이 그 씨앗이었다. 장희빈을 살해한 공범은 숙종과 서인. 물론 합법적이었다. 장희빈이 남인 떨거지였던 게 애초 문제였다. 인조반정을 통해 정권을 잡은 서인들은 당시의 거대 세력이었다. 그런 서인에게 장희빈은 눈엣가시였던 게다. 그녀의 아들이 왕이 된다면, 그 왕을 통해 남인들이 정권을 노리게 된다. 기필코 막아야 할 일이었다.

　하지만 어미에게 사약을 내렸음에도 숙종은 원자인 균을 세자로 책봉한다. 후계자가 마땅치 않은 상태였으니 어쩔 수 없는 선택이다. 하지만 신경이 쓰인다. 어미의 죽음을 목격한 세자다. 어미의 죽음에 대한 이야기를 들었던 연산군은 어찌하였던가. 균은 직접 어미가 사약을 받고 죽는 모습을 보기까지 했던 사람이다. 두렵다. 장희빈을 죽음으로 몰아넣은 서인들은 연산군 시절 휘몰아쳤던 피바람을 떠올리지 않을 수 없었을 게다. 그러니 균이 왕이 된다는 건 생각만 해도 머

리털이 곤두설 일이다. 서인들은 균의 세자 책봉을 극렬히 반대한다. 하지만 어쩔 수 없다. 씨알이 이미 많지 않다. 연잉군(영조)이 있지만 어미의 출신이 미천하고 왕위계승 순서상 한참 뒤다.

숙종과 이이명이 비밀히 만난 후 균을 세자로 책봉한다. 대타협인가? 그리고 모든 일들이 순리대로 흘러갔는가? 의문이 남는다. 이이명은 후에 이 독대를 두고 숙종이 '경종의 몸이 약하므로 연잉군을 부탁한다'는 고명을 내렸다고 떠벌였다. 연잉군에게 정통을 잇도록 한다는 말이다. 그러니까 균을 세자로 삼되 언제라도 트집을 잡아 폐 세자하고 연잉군으로 적통을 바꾼다는 뜻이겠다. 조금 더 말하면 균을 세자로 책봉한 것은 1순위자를 제거하기 위한 덫이었을 거라는 게다. 억측이 아니라 이미 많은 학자들의 추측이 그러하다.

숙종이 이이명을 한밤중에 불러 엄격히 금지되어 있는 둘만의 밀담을 통해 이런 결정이 나왔다는 게 하나요(조선시대에는 왕과 신하의 독대가 엄격히 금지되어 있었다), 세자로 책봉했음에도 당연한 절차인 종묘에 고하지 않았다는 것이 또 하나다. 즉 일단 세자로 책봉한 뒤에 행실을 트집잡아 제거하기 위함이었다는 게다.

하지만 균은 신중하다. 입을 다물고 복심을 드러내지 않는다. 생각을 말하지 않으니 잡을 꼬투리가 없다. 그리고 숙종이 갑자기 죽어 세자는 왕위에 오른다. 서인은 다시 분열한다. 소론과 노론. 경종을 인정하자는 게 소론이요(시기적 차이가 조금 있기는 하지만), 숙종의 복심이 연잉군에 있었으니 경종을 인정할 수 없다는 자들이 노론이 된다. 경종은 노론에겐 받아들일 수 없는 카드다. 연산군 시절의 피바람이 다시 불어올 수도 있는 일대 위기다. 믿을 건 경종의 허약한 건강이다. 왕이 일찍 죽는다면 상황을 역전시킬 수 있다. 단, 다음 왕은 노론이어야 한다. 노론은 비장의 카드를 선택한다. 다름 아닌 경종의 배다른 아우, 연잉군이다. 노론은 왕에게 원자가 없는 데다 건강이 좋지 않다는 이유로 연잉군을 세자로 책봉하라는 압력을 넣는다. 경종은 받아들인다. 하지만 불과 두 달 뒤 노론은 다시 세제 연잉군에게 대리청정을 맡기라며 압박한다. 엄밀히 따져 왕위를 내놓으라는 협박에 다름 아니다.

소론이 반발한다. 과격파인 김일경 등은 대리청정을 요구한 조성복과 대리청정을 시행한 김창집, 이이명, 조태채, 이건명을 4흉凶으로 공격한다. 순식간에 정국이 바뀐다. 노론 4대신이 각각 유배되고 그 밖의 노론 대신들도 삭직되거나 정배되어 정권은 소론에게 넘어간다.

불과 3개월 뒤에는 남인 서얼출신인 목호룡의 고변사건이 일어난다. 노론이 경종을 시해하고자 모의했다는 게다. 관련자들은 대부분 노론 4대신의 아들 조카 또는 추종자들이었는데, 애초 노론 편에 붙어 있던 목호룡이 정국이 소론에게 유리해지자 배신하고 이런 고변을 했던 게다.

노론에겐 엄청난 타격이다. 관련자들이 잡혀와 처형되고, 유배지에 있던 노론 4대신도 다시 끌려와서 사약을 마셔야 하는 운명에 처한다. 사형당한 사람이 20여 명, 연좌되어 교살된 사람이 13명, 스스로 목숨을 끊은 부녀자가 9명, 유배된 자들이 114명에 달했다. 연좌된 사람은 173명이나 된다. 연잉군의 목숨까지도 위험했지만 이복동생을 사랑했던 경종의 보호로 겨우 살아남는다. 기적이다. 역모에 이 정도로 관여되고도 살아남았던 왕족은 아무도 없었으니… 경종에게 후사가 있었으면 전혀 달라졌을 지도 모를 일, 천운일까? 그게 역사다.

하지만 오르막이 있으면 내리막이 있다. 돌고 돌아 순환하는 것이 우주의 이치다. 경종이 갑자기 의문의 죽음을 맞는다. 나이 서른일곱,

왕위에 있은 지 4년만이다. 그리고 연잉군이 왕위에 오른다. 눈물의 대왕, 영조다.

세상은 노론이 차지한다. 물론 처음엔 탕평책이란 이름으로 균형을 유지하는 것처럼 보이기도 한다. 거기까지다. 경종의 죽음에 의문을 품고 이인좌가 난을 일으켰다가 진압된 뒤에는 소론이란 소론은 모조리 주살되거나 유배된다. 왕이 되기까지 노론에게 빚을 지고 있었으니 노론의 입장에서 자유롭지 못하다. 탕평이란 이름으로 다른 당파를 등용하여 균형을 맞춘다고는 했어도, 대개는 빛 좋은 개살구. 어차피 권력은 거대 노론의 손에 있다. 영조는 형 경종을 독살했다는 세간의 소문에 상처받은 인물이고, 천출인 어머니와 숙종의 친아들이 아니라는 의혹까지 받는 콤플렉스 덩어리다. 그리고 영조의 콤플렉스를 쥐고 있는 건 노론이다. 영조와 노론은 어쩔 수 없이 한 몸이었던 게다.

영조는 아들을 사랑했다. 왕위에 오른 지 이미 25년, 큰아들 효장세자가 죽은 지 7년만에 태어난 아들이다. 영조의 정통성을 주장할 수 있는 이른바 삼종의 혈맥(인조, 효종, 숙종−인조반정의 정통성을 이어가는 혈통). 똑똑하고 씩씩한 아들이다. 명군의 자질을 타고났으니 왕은 행복하다. 영조는 신하들을 만나 팔불출처럼 아들자랑을 늘어놓는 게 큰 낙이다. 왕은 자식의 영특함을 자랑하고 늙은 신하들은 엎드려 받든다. 좋은 시절이다. 하지만 그런 부자 사이가 벌어지기 시작한다. 세자가 소론의 입장에 동조하면서 나주벽서사건 이후 일당독재로 권력을 전횡하는 노론에게 반감을 키워간 게다. 어쩌면 익숙한 광경이다. 기득권 정당을 지지하는 아비와 야당을 지지하는 아들이 설전을 벌이던 독재정권 시절의 풍경이 당시 궁궐에서 일어났는지도 모를 일이다.

아들은 삐딱해지고 아비는 점점 아들이 괘씸해진다. 이미 만성으로 굳어진 콤플렉스를 아들은 후벼 판다. 큰아버지 경종을 위해 노론에게 복수하겠다고 이를 가는 세자를 어찌 내버려둘 수 있는가. 세자를 제거하느냐 못하느냐에 노론의 사활이 걸린다. 노론의 무리들은 열심히 세자의 허물을 영조에게 고해 바친다. 세자빈 홍 씨까지 나서 세자의 사소한 농담 한 마디까지 버리지 않고 친정아비에게 전한다. 대대로의 집안은 쟁쟁했지만 나이 서른이 넘도록 과거마다 떨어지는 무능한 아비를 대신해서 집안을 일으켜야 한다고 입술을 깨물었던 당찬 처자였던 그녀는 남편이 아닌 집안의 당파를 따른다. 물론 나중엔《한중록》을 써서 책임을 영조에게 떠밀고 열심히 자신을 변호하지만….

어쨌든 사방에서 세자를 음해하면서 아들에 대한 사랑은 식는다. 부자 사이의 골은 메울 수 없을 만큼 깊고도 넓어진다. 왕세자로서의 기량과 능력이 이미 뛰어났어도 아무런 소용이 없다. 이젠 사랑하는 아들이 아니라 자신의 아픈 상처를 물어뜯는 정적이다. 권력에 대한 집착이 강했던 영조다. 사랑한다는 말은 사랑받고 싶다는 말의 다른 이름, 사랑했던 만큼 아들에 대한 배신감도 크지 않았을까.

화약은 쟁여진 셈이고 심지에 불을 붙이는 일만 남았다. 그 불꽃은 나경언의 고변으로 당겨진다. 고변의 내용은 영조가 곧장 없애버려 알 수 없지만, 영조는 결심을 굳힌다. 나경언이 거짓 고변을 했다고 처형되었음에도 그렇다. 이 고변의 배후가 바로 세자빈 홍 씨의 아비 홍봉한과 숙부 홍인한이었다는 건 세자의 주변에 이미 믿을 사람이 아무도 없다는 뜻이겠다. 아버지가 아들을 정적으로 인식한 순간, 세자는 죽은 목숨이 된 게다.

1호선 수원행 전철은 지치지 않는다. 멈춰 숨을 고를 때마다 사람

이 내리고 사람이 탄다. 들판은 황금빛깔로 반짝여서 가을이 깊다. 이렇게 계절이 가고 또 계절이 다가온다. 그렇게 하루가 가고 그렇게 한 해가 흘러갈 게다. 시간은 무심히 흐르고, 아등바등 세상 모든 것을 쥐기 위해 노심초사하던 인생살이도 모래알처럼 빠져나갈 게다.

이제 수원 화성이 멀지 않다. 정조의 도시. 백관을 거느려 느릿느릿 정조가 원행하던 화성을 이제는 철마에 실려 간다. 수원역을 지나 병점역에서 전철과 헤어진다. 택시를 타든 버스를 타든 10여 분이면 용주사에 닿는다. 절집을 품고 있는 화산에는 아들 정조에 의해 장조로 추존된 장헌세자의 능이 있고, 용주사는 그 원찰이다. 그의 잘난 아들은 효성 또한 지극해서 용주사는 효행의 본찰이 되었다.

일주문이 보이지 않는다. 큰 길에 바로 붙어 세속과 경계를 짓는 건 천왕문이다. 일주문과 천왕문 사이의 진입로가 없으므로 절집에 닿기까지 맛볼 수 있는 한가로운 산책 또한 없다. 문 너머로 키가 껑충 크고 몸피가 마른 소나무와 활엽수들이 흩어져 서 있고, 홍살문이 맞는다. 절집에서 홍살문을 보는 건 흔치 않지만 장헌세자의 위패가 이곳에 모셔진 때문이다.

절집의 나무들은 알록달록 물들어 꽃밭이다. 천보루 앞으로 가을 꽃 또한 만발하여 풍성하다. 한결 부드러워진 햇살이 사선으로 떨어져 나무들의 그림자가 길다. 누문을 통과하니 정면에 날아갈 듯 서 있는 건 대웅보전. 현판은 정조가 직접 썼다. 사방이 전각으로 막혀서 대웅보전 마당은 아늑하다.

계단에 앉아 파랗게 맑은 하늘을 바라본다. 하얀 구름 한 조각이 지붕 위로 높다. 천지는 고요하고 평화롭다. 불자들이 누각을 통해 마당으로 들어서고, 가끔은 구경삼아 어슬렁거리는 연인들이 오락가락하고 아이 손을 잡고 중년의 사내가 마당으로 들어선다. 아이는 그의 꿈일 게다. 자신의 삶이 유한하기에 집착하게 되는 존재. 하여 아이는 자신의 생명을 퍼주는 대상이라기보다 자신의 삶을 영속할 이기적 존재다. 나의 모든 것을 바쳐 사랑하는 존재는 곧 그런 사랑을 상대로부터 받고 싶다는 다른 말인 게다. 장헌세자가 잊은 것은 바로 이런 점이 아니었을까.

하지만 이 절집에서만큼은 부자간의 정이 두텁고 무겁다. 부자가 나란히 향을 받는다. 생전에 미처 다 나누지 못했기에 부자의 정은 오히려 애틋하고 두텁다.

햇살 따스한 툇마루에 아들을 앉혀두고 아비는 사진을 찍는다. 그 모습이 너무도 정겨워서 눈두덩이 시리다. 여기는 효행의 본찰, 아버지와 아들이 도란도란 이야기를 나누는 절집인 게다.

천보루 기둥에 매달린 주련은 이러하였다.

空看江山一掷快 공간강산일채쾌
母年一百歲 모년일백세
常憂八十兒 상우팔십아
欲知恩愛斷 욕지은애단
命盡始分離 명진시분리
不待東風自有春 부대동풍자유춘

마음 비우고 강산을 바라보니 모든 시름 사라지네.
어머니 나이 백 살이라도
늘 나이 팔십 아들을 걱정하네.
그 은혜 끝날 때를 알려면

목숨을 다해야 비로소 끝나느니.
동풍은 기다리지 않아도 봄이 오면 스스로 불어오네.

　팔십 먹은 아들을 염려하는 마음이 곧 부모의 마음. 그런 부모의
은혜는 무덤에 들어가는 순간까지 그치지 않아야 한다는 것.
　너무도 익숙한 말이어서 오히려 진부하게 생각하고, 잊는다. 아이
들은 부모가 베푸는 모든 것들을 당연한 거라 믿는다. 조금만 부족하
면 부모를 탓하는 게 오히려 당연하다. 태어나게 해준 것만으로도 은
공이라 가르치는 〈소학〉의 글줄이 '책임지지 못할 거면서 왜 낳았느
냐'는 대꾸쯤으로 전락한 시대, 나는 어떤 부류일 것인지. 공자는 말
하기를 '효는 백행의 근본'이라 하였는데, 나는 사람의 마음을 가지
고 살고 있는가. 떳떳이 얼굴을 들 수는 없을 것 같다.

自笑一聲天地驚　자소일성천지경
孤輪獨照江山靜　고륜독조강산정
心得同時祖宗旨　심득동시조종지
傳持祖印壬午歲　전지조인임오세
叢木房中待釋迦　총목방중대석가
眞歸祖師在雪山　진귀조사재설산

홀로 웃는 소리에 천지가 놀랐는지
외로운 달만 고요히 강산을 비추네.
마음에는 동시에 조사의 종지를 얻었고
임오년에 조사의 인가를 전해 받았네.

숲속 방안에서 석가를 기다리는데
문수보살이 설산에 계시더라.

― 천보루 석주

龍蟠華雲 용반화운

珠得造化 주득조화

寺門法禪 사문법선

佛下濟衆 불하제중

용이 꽃구름 속에 서리어 있다가
여의주를 얻어 조화를 부리더니
절 문안에 들어 선법을 배워서
부처님 받들어 중생을 제도하도다.

― 삼문(절 이름을 가지고 지은 4행시)

169

昨夜月滿樓 작야월만루

窓外蘆花秋 창외노화추

佛祖喪身命 불조상신명

流水過橋來 유수과교래

어젯밤 누각에 달빛이 가득하더니
창 밖에 갈대꽃이 가을을 만났구나.
부처님과 조사도 신명을 잃었으나

물은 흘러 다리를 지나가네.

— 만수리실(전강선사 오도송)

報化非眞了妄緣　보화비진료망연
法身淸淨廣無邊　법신청정광무변
千江有水千江月　천강유수천강월
萬里無雲萬里天　만리무운만리천

보신과 화신은 마침내 허망한 인연이요
법신은 청정하여 광대무변한지라
천 개의 강에 물이 있으니 달그림자도 천 개요
만 리 하늘에 구름이 없으니 만 리가 한 하늘이로다.

— 대웅보전

直到佛祖不知處秖是半塗　직도불조부지처지시반도
且向父母未生前試道一句　차향부모미생전시도일구

부처님 오셨어도 그를 알지 못해 깨달음 이루지 못하여
마침내 예전에 남긴 글귀로 이루려 또 시도해보네.

— 나유타료

般若臺上演眞詮超脫浩劫　반야대상연진전초탈호겁

兜率宮中禀大偈普濟衆生　　두솔궁중품대게보제중생
萬四千法門同臻彼岸　　만사천법문동진피안
二百五十大戒共抶謎塗　　이백오십대계공오미도
香積飯伊蒲饌無量劫前地肥　향적반이포찬무량겁전지비
蓮花偈貝葉經不二門中天籟　연화게패엽경불이문중천뢰

반야대에서 참된 깨달음 얻어 영원히 세속에서 벗어나시고
도솔궁 가운데 큰 게偈를 주어 널리 중생을 구제하시네.
만 사천 법문 모두 피안에 이르게 하고
이백 오십 큰 계율 모두 미혹을 끊네.
맛있는 밥과 찬은 오랜 세월 전에 땅을 비옥케 한 탓이요
폐엽경貝葉經과 연화게蓮花偈는 불이문 속 천상의 소리일세.

― 홍제루

奉安寶塔　봉안보탑
世尊舍利　세존사리
臨濟家風　임제가풍
古今玄要　고금현요

보탑을 받들어 모셔
부처님의 사리를 안치하네.
이 절의 가풍은 임제종이니
고금의 넓고 요긴한 진리일세.

― 석탑 주변 석주

171

지리산 연곡사

전라남도 구례군 지리산 피아골 입구에 있는 사찰. 연기조사가 544년에 창건하였다. 임진왜란 때 불탄 것을 중건하였으나 6·25전쟁 때 다시 불탔고, 1981년 정면 5칸, 측면 3칸의 새 법당을 세웠다.

경내에 국보 제53호인 연곡사 동부도東浮屠, 국보 제54호인 연곡사 북부도를 비롯하여 보물 제151호인 연곡사 삼층석탑, 보물 제152호인 연곡사 현각선사탑비玄覺禪師塔碑, 보물 제153호인 연곡사 동부도비, 보물 제154호인 연곡사 서부도 등의 문화재가 보존되어 있다.

죽음이 서 있는 자리

불쑥불쑥 몸을 일으킨 산봉우리, 빗금을 그으며 치맛자락인양 줄기줄기 흘러내린 능선들은 강을 만나 멈춘다. 산줄기는 강을 뚫지 못하고 강은 봉우리와 다투지 않는다. 막히면 돌고 열리면 흘러간다. 모진 세월을 건너면서도 끝내 살아남는 민초처럼, 강물은 돌아갈지언정 바다를 포기하지 않는다. 가을 섬진강은 그렇게, …흘러간다. 굽어 돌아가는 곳마다 은빛 모래톱을 쌓아 앉히고, 털빛 고운 갈대를 키운다. 재첩을 키우고 참게를 키우고 은어를 키우고 물새를 키우고 맑은 바람과 인심을 키운다. 섬진강… 김용택 시인은 썼다. 전라남북도와 경상남도를 타고 흐르는 이 강은 바로 한반도의 어머니요, 우리나라의 아름다운 자궁과 같다고.

어머니… 그러하다. 갈퀴손을 가진 억척스런 어머니기보다 무엇이든 편들고 보듬어주는 한없이 자애롭고 따스한 어머니다.

피아골을 타고 흘러내린 지리산의 진액은 그런 섬진강에 몸을 섞는다. 하지만 어인 일일까. 그 맑디맑은 물에서 피 냄새가 맡아질 것만 같음은. 혹 백 년 전, 반백년 전에 흘렀던 피 냄새 때문은 아니었을까? 아니면 그 이름에 들어 있는 글자 하나 때문이었을까. 어쨌든 그 이름 때문이라면 오해를 한 셈이다. 이곳으로 들어온 선객들이 오곡 중 하나였던 피를 키워 먹던 밭이 많아 피밭골이라 하였고, 그 말이 변하여 피아골이 되었다니까. 공연히 글자 하나로 마음에 그림자를 지어 억매이고 보면 아하, 세상사 모든 일이 마음 장난이 아닌가 싶다.

피아골 계곡을 따라 연곡사로 가는 길, 가을도 훌쩍 지나 겨울 초입이다. 지리산 10경이라는 피아골의 핏빛 단풍과 어울려 놀기에는 지나치게 게을렀다. 아이의 색동옷처럼 호화로웠을 산 빛은 단조롭고도 칙칙하다. 마른 이파리들만 바람에 휩쓸려 분분한 낙화다.

하니, 절경을 눈에 담고자 한다면 때를 맞추어야 하리라. 거울처럼 맑은 계곡에 얼굴 담그는 철쭉을 보고 싶거든 봄에 찾아야 한다. 한 올 햇살도 허락하지 않을 만큼 녹음이 우거진 계곡에 발 담그고 싶다면 여름에 오라. 홍염紅焰의 단풍을 보고 싶다면 물론 가을까지 기다려야 하겠지만, 인적 끊어진 호젓한 설국의 산길을 걷고 싶은 이들은 겨울에 찾을 게다.

다만, 피아골 발치에 터 잡은 절집에도 들러볼 일이다. 연곡사. 웅장하지도 않고 고풍스럽지도 않은 절집이다. 볼만 한 것이 없다고 투덜대지 말라. 절집에 들렀을 때 이리저리 눈에 띄는 보물이든 전각이든, 탑 혹은 부도만 찾아볼 것도 아니다. 아주 작고 소소한 것들에서 더 많은 것들을 얻어 깨우칠 수도 있는 게다. 그러니 기둥에 매달린 주련에도 한가로운 눈길을 주어보고, 절집에 맺힌 역사며 전설 또한 찾아볼 일이다.

그러므로 연곡사에 들른다면 한쪽 구석 동백나무 그늘에 초라한 모습으로 서 있는 의병장 녹천鹿川 고광순高光洵 선생의 비 또한 찾아볼 일이다. 눈을 감고, 뜨겁게 타고 꺼졌던 지사志士의 심장과 쓰러져 가는 나라를 바라보는 선비의 울분 또한 느껴볼 일이다.

연곡의 수많은 봉우리 울창하기 그지없네.
나라 위해 한평생을 싸우다 목숨을 바쳤도다.
전장의 말들은 흩어져 논두렁에 누웠고
까마귀 떼만이 나무그늘에 날아와 앉아 있네.
나처럼 글만 아는 선비 무엇에 쓸 것인가
이름난 가문의 명성 따를 길 없네.
홀로 서쪽을 향해 뜨거운 눈물 흘리니
새 무덤 옆에 국화 향기 뿜어 올리네.

매천 황현은 녹천이 전사했다는 소식을 듣자 한 걸음에 연곡사로 달려와 통곡하며 이 시를 썼더랬다. 명성황후가 시해된 을미년에 처음 의병을 일으켰고, 그 뒤 10년 세월을 오로지 '충의' 하나로 고군분투하던 선비를 보내며 매천은 울었더랬다. 일제조차 '호남 의병의 선구자' 혹은 고충신高忠臣이라 부르며 감탄했던 지사를 보내며 매천은 울었더랬다. 적에 대한 분노와 임기응변만으로는 일제를 물리칠 수 없음을 깨닫고 연곡사를 근거로 장기적인 항전 태세를 갖추고자 했던 장수를 보내며 매천은 그렇게 울었더랬다.

그랬다. 연곡사는 의병장 녹천이 최후를 맞이한 곳이다. 골짜기가 깊을 뿐 아니라 동쪽으로 화개동, 서쪽으로 구례로 통하고 북쪽으로는 문수골과 문수암 등이 있어 유리한 지형 조건을 두루 갖춘 천험의

요새. 녹천은 피아골의 중심인 연곡사에서 민간 포수를 의병으로 훈련시켜 강력한 일제 군경에 맞설 생각이었다. '머지않아 나라를 되찾을 수 있으리라.' 태극기를 펼쳐 '불원복不遠復' 세 글자를 써서 군기로 삼았더랬다. 반드시 나라를 다시 찾겠다는 의지와 신념을 그렇게 스스로에게 다짐하고 다짐했더랬다. 나이 예순에 접어들어 몸은 늙어졌어도 정신만은 오히려 시퍼렇게 살아 있음이었다. 장정을 모으고 포수를 조직하여 일제의 심장을 쏘고자 함이었다.

하지만 일제는 시간을 주지 않았다. 지리산이 영, 호남 의병의 활동 본거지로 자리 잡는 걸 좌시하지 않았다. 진해에서 파견된 소대 병력, 광주에서 출동한 1개 중대, 진주경찰서의 순경 등 최신 무기와 압도적인 병력을 동원한 일제가 연곡사를 포위한 것은 1907년 10월 16일 새벽이었다.

녹천은 최후의 순간이 다가왔음을 알았다. 동지들을 보며 말했다.

"한 번 죽어 나라에 보답하는 것은 내가 평소 마음을 정한 바이다. 여러분은 나를 위해 염려하지 말고 각자 도모하라."

부장 고제량이 말했다.

"당초 의로써 함께 일어섰으니, 마침내 의로써 함께 죽는 것이 당연한 것이다. 죽음에 임해 어찌 혼자 살기를 바라겠는가!"

목숨을 아껴 도망하는 이가 없었다. 월등한 병력과 최신무기로 무장한 일본군을 상대로 의병은 화승총을 들고 맞섰다. 심지에 불을 댕겨 적을 겨눴다. 중과부적이었다. 머리에서, 가슴에서, 배에서 피를 뿌리며 하나씩 쓰러졌다. 녹천 또한 적탄을 맞았다. 피 묻은 손으로 동백나무 가지를 움켜쥐며 쓰러졌다. 선비 된 자로서 목숨을 버리는 것은 가벼운 일이나 나라의 어려움을 구하지 못함이 못내 한이었다. 연곡의 봉우리들이 뿌옇게 흐려졌다.

같은 군에 사는 박태연과 함께 연곡사로 달려갔다. 깨진 기왓장과 조약돌이 쌓여 있는데, 불탄 재는 아직도 불기가 남아 있었다. 공의 시신을 덮은 개미둑 만한 초분을 보자 왈칵 눈물이 터져 나와 통곡을 했다. 그 밤으로 사람을 모아 흙을 돋우어 무덤을 만들었다.

매천은 솔가지를 덮은 채 누워 있는 녹천 앞에 엎드려 땅을 치며 울었다. "오늘날의 정황은 격문이 필요한 것이 아니니, 오직 더 노력하여 또다시 후회하는 일이 없도록 하라"며 격문 쓰기를 거절한 자신의 비겁함을 피눈물로 후회했다. 녹천의 청을 받아들여 격문을 써주었더라면 이토록 원통하지는 않았을 것을, 매천은 울고 또 울었다.

심부름을 온 그 사람은 내게 야속하다며 풀이 죽어 돌아갔다. 곰곰이 생각한 후에 나는 결국 격문을 하나 썼다. 그리고 공이 나를 찾아오기를 기다렸으나 끝내 찾아오지 않았다. 녹천은 필히 왜적이 무서워 격문 한 장 쓰지 못하는 놈이니 족히 더불어 논의할 인물이 못 된다고 유감스럽게 생각했을 것이다.

어쩌면 매천 역시 입으로는 명분을 따지고 정의를 말하면서도 정작 일이 닥치면 한 걸음도 움직이지 못하고 무릎을 꿇었던—고금의 지식인들이 흔히 빠지곤 했던 한계에 갇혀 있었는지도 모르겠다. 하여, 녹천이 죽음을 당하자 격문 쓰기를 거부했던 일을 뼈저리게 후회하였고, 통곡하기를 멈출 수 없었으며, 3년 뒤 결국 사직이 결단나자 '선비로 살기 어려움'을 통감하며 스스로 목숨을 끊었던 것인지도….

녹천은 담양군 창평의 명문가에서 태어났다. 임진왜란 당시 3부자가 함께 순국한 의병장 고경명의 둘째 아들 고인후의 14대 종손이다.

불천위(위패를 옮기지 않음) 한 명만 나와도 대단한 가문의 영광이라는데, 조선왕조 유일의 3부자 불천위로 제사를 받는, 호남의 대표적인 충신 가문이다. 흔히 '피를 속일 수 없다'는 말을 하는 것처럼 나라가 위기에 처하자 분연히 일어나 의군을 모았던 것은 이러한 핏줄 내림이었을까? 실상 '장수의 집안에서는 장수가 태어나고, 재상의 집안에서는 재상이 태어난다'는 옛 성현의 말씀처럼 한 가문의 뼈대를 이룬 가르침이 그 토대였으리라. 바로 노블리제 오블리주의 실천이다.

그러하다. 육십 노구로 가망 없는 싸움에 나선 것은 바로 그 때문이었다. 겨우 괭이로 흙을 일구던 농민과 산짐승을 쫓던 몇몇 포수들을 모아 최신무기로 무장한 일본군과 대적할 때, 형세의 불리함을 녹천이라고 어찌 몰랐겠는가. 아마도 자신의 최후를 누구보다 명확하게 예감하였으리라.

녹천과 매천은 그렇게 죽었다. 녹천은 육십 노구를 이끌고 가망 없는 싸움에 나섰다가 연곡사 동백나무 아래에서 숨을 거뒀고, 매천은 지식인으로서의 부끄러움을 이기지 못해 자진했다.

그들이 죽음으로 바꿀 수 있는 것은 아무 것도 없었다. 나라의 패망을 한순간이나마 늦출 수도 없었다. 허망하기 짝이 없는 개죽음이었을까. 결과만을 가지고 가치를 논하는 오늘날의 시각으로 보면 그럴 수도 있겠다.

하지만 어차피 모든 자연인의 끝은 죽음이 아니던가. '살고자 하는 자는 죽을 것이요, 죽고자 하는 자는 살 것이다'는 충무공의 말이 무엇이겠는가. 육신의 생명을 지키고자 할 때 진정한 생명을 잃기 쉽다는 뜻이 아니겠는가. 영혼의 생명은 어쩌면 육신의 생명이 꺼지는 자리에서 살아난다는 말은 아니겠는가. 그러하다. 의미 있는 삶과 허망

한 삶이 나뉘는 곳은 바로 죽음이 서 있는 자리인 게다.

비록 녹천과 매천이 죽음으로써 이루어놓은 결과가 뚜렷하지 않을지언정, 자신이 서 있어야 할 자리를 명확히 인식하는 삶의 태도, 죽음 앞에서조차 그 자리를 피하려 하지 않았던 용기는 귀하다. 시들어 죽은 제 몸을 양분으로 싹을 틔우고 푸르러지는 잡초들처럼, 그들이 죽음을 딛고 영원을 얻게 된 이유가 거기에 있지 않을까.

영혼이 말라버린 허깨비들, 지식 장사에 여념이 없는 소인배들만 우글대는 세상에서, 불법에, 편법에, 표절에, 지식인으로서 도저히 용납할 수 없는 과오를 저지르고도 고개 빳빳이 쳐든 채 권력까지 움켜쥐고자 안달하는 자들이 넘쳐나는 세상에서, 곡학아세曲學阿世로 세상을 줄타기 하며, 상황에 따라 말을 바꾸고 태도를 뒤집는 걸 무슨 손바닥 뒤집듯 하는 세상에서, 정치를 한다는 자들은 물론이요, 종교인이네 법조인이네 언론인이네 교육자네 하며 진리와 정의를 코에 걸고는 손톱만한 이익 앞에서조차 후안무치한 자들이 내로라하는 세상에서 그들이야말로 더 없이 귀하다.

잎이 떨어지고 나니 비로소 열매가 빛난다. 마른 가지에 매달린 감이 더욱 붉다. 시인은 일갈했었다, 껍데기는 가라고.

쭉정이는 날아가고 알곡만 남는 세상은 바랄 수 없는 꿈이지만 그래도 언젠가는 알곡이 알곡으로서 대접받는 세상을 꿈꿀 수 있음은 녹천과 매천 같은 이들이 있었음에다. 그들과 같은 이들이 오늘도 그리고 내일도 존재할 것임을 믿기 때문이다.

만세를 뻗쳐서 내려가도 의로운 이름은 빛을 잃지 않을 것이니, 봄이 오면 녹천의 초라한 비문을 위로하며 동백 또한 붉은 꽃망울을 터트릴 게다.

歷千劫而不古 역천겁이불고
亘萬歲而長今 긍만세이장금

천겁千劫을 거슬러 올라가도 옛날이 아니고
만세萬歲를 뻗쳐서 내려가도 언제나 오늘 뿐.

— 일주문

白毫宛轉五須彌 백호완전오수미
紺目澄淸四大海 감목징청사대해
光中化佛無數億 광중화불무수억
化菩薩衆亦無邊 화보살중역무변
是故行者還本際 시고행자환본제
叵息妄想必不得 파식망상필부득

양 미간의 백호광명은 수미산을 감싸고
검푸른 눈동자 맑고 큰 바다와 같네.
그 빛 속에서 성불하는 사람 헤아릴 수 없고
보살이 되는 중생 또한 셀 수 없으니
수행자는 본래의 자리로 돌아와서
망상을 끊고 수행에 열중해야 하리라.

— 대적광전

지리산 천은사

서기 828년 덕운 선사와 인도에서 온 승려 스루가 창건하였다. 고려 충렬 왕 때에는 '남방제일사찰'로 승격되기도 하였으나 1773년 화재로 소실되 어 폐허가 된 것을 1775년에 혜암이 복원하여 오늘에 이르렀다.

법당인 극락보전(전남유형문화재 50호)은 다포양식을 갖춘 조선시대 후기의 대표적 건축물이며, 극락전 아미타후불탱화(보물 924)는 18세기 한국 불화 연구에 귀중한 자료가 되는 문화재다.

붓 한 자루로 화마를 제압하다

어둠이 내린다. 어둠만큼 시름 또한 무겁다. 붓을 들어 먹을 찍는다. 가슴을 찢어놓는 아픔, 외로움이 붓을 흠뻑 적신다. 붓끝이 가늘게 흔들린다. 잠시 마음을 가다듬고 호흡을 고른다. 삿된 생각을 끊고 군자의 도리를 지키고자 애썼던 삶이었건만, 그 대가는 고작 신산한 세월… 차라리 흙을 일구고 그물을 당기는 신분이었다면 나았을까.

정종의 직계, 왕실의 종친이었다. 할아버지는 호조참판, 아버지는 대사헌을 지낸 명문가의 자식이다. 좋은 세월을 만났다면 붓을 들어 시를 적으며 세월을 보낼 수도 있었겠지. 하지만 바람이 나무를 내버려두지 않듯 영조가 즉위하여 소론과 노론이 격돌하는 와중에서 평화로운 삶은 꿈이었다. 아버지 이진검은 역신이 되어 강진으로 유배를 떠난 뒤 다시 돌아오지 못했고, 그마저 나주 벽서사건으로 옥에 갇혔을 때, 절망한 아내가 삼 남매를 남겨두고 스스로 목숨을 버린 지도 오래다.

내가 비록 죽어 뼈가 재가 될지라도

이 한은 결코 사라지지 않으리.

내가 살아 백 번을 윤회한대도

이 한은 정녕 살아 있으리.

천지가 뒤바뀌어 태초가 되고

해와 달이 빛을 잃어 연기가 되어도

이 한은 맺히고 더욱 굳어져

세월이 흐를수록 단단해지리라.

내 한이 이와 같으니

당신 한도 정녕 이러하리라.

두 한이 오래토록 흩어지지 않으면

언젠가 다시 만날 인연 있으리.

─ 원교 이광사, 〈도망悼亡─죽은 부인을 애도함〉

사람을 단련시키는 것은 눈물인가. 그렇다. 하지만 쇠같은 이라도 두드려 맞을 때는 아프지 않을까. 고난이 사람을 단련시킨다고 태연히 말하는 자는 아프지 않은 자다.

붓이 지나간 자리에 남았던 건 먹물뿐이었던가? 아니다. 흰 종이 위에서 날고뛰는 글씨는 부친을 잃고 백부를 잃고 아내를 잃고 평생을 유배지로 전전하며 가난과 고통의 세월을 보내야 했던 한 사내의 한이다.

절지에 부쳐진 유배객, 여기는 외로운 섬이다. 신지도다. 어둠 한가운데서 물끄러미 펼쳐진 종이를 내려다본다. 자꾸 붓끝이 삐친다. 아무리 문장을 사랑하고, 조자룡 헌 창 휘두르듯 붓을 놀려도 시름을

이기는 건 어렵다. 억울하다. 배워 익힌 학문을 펼쳐보지도 못하고 대역 죄인이 되었다. 학문을 익힐 적에는 이루어 만들고 싶은 세상도 있었다. 벗과 더불어 학문을 논하며 유유자적하고도 싶었다. 하지만 군자가 살 수 있는 세상이 아니다.

아까운 종이를 구겨 던진다. 마음이 자주 붓의 길을 막는다. 흔들리는 붓은 시원하게 나가지 못한다.

겨우 마음을 다잡고 호흡을 가다듬는다. 붓이 흰 종이 위에서 리듬을 타 춤춘다.

平生不俗志 　평생불속지
老大爲流人 　노대위류인
有夢尋來道 　유몽심래도
迷方望北辰 　미방망북진
萬形自得意 　만형자득의
孤客輿怡神 　고객여이신
漸愛文章細 　점애문장세
唯愁命益嗔 　유수명익진

평생 속된 뜻 없이 살았거늘
늙어서 유배객이 되었네.
꿈속에 내도재*를 찾기도 하고
길을 잃고 북극성을 바라보기도 했네.
만 가지가 스스로 뜻을 얻은 듯하여

외로운 객이 더불어 마음을 기쁘게 하네.
점점 문장이 지극함을 사랑하건만
운명의 시름은 더 깊어지느니.

— 원교 이광사, 〈영회詠懷〉 *친구의 서실

원교 이광사는 추사 김정희와 더불어 조선 후기를 장식한 서예의 양대 산맥이다. 그는 중국의 서법에서 벗어나 조선만의 색깔을 지닌 글씨를 추구하여 동국진체東國眞體를 완성한 명필로 이름을 떨쳤었다. 하지만 그는 추사의 그늘이 짙어갈 수록 희미해졌고, 한때는 글씨마저 폄하되는 수모를 당했던 비운의 사내였다.

추사 김정희는 한때 〈서원교필결후書員嶠筆訣後〉라는 글을 써서 원교의 글씨를 두고 독하게 물어뜯었더랬다.

…… 〈전략〉

아, 세상이 다 원교 이광사의 필명筆名에 진요震耀 되어서 그의 상 · 좌 · 하 · 우 · 신호伸毫 · 필선筆先 제설諸說을 금과옥조처럼 떠받들며 한번 그 미혹迷惑의 속으로 들어가면 의혹을 타파할 수 없게 되므로 참람하고 망령됨을 헤아리지 아니하고 큰 소리로 외쳐 심한 말을 꺼리지 않기를 이와 같이 하는 바다.

그러나 이 어찌 원교의 허물이랴. 그 천품이 남달리 초월超越하여 그 재주는 지녔으나 그 학學이 없는 것이요, 또 그 허물이 아니다. 고금의 법서法書와 선본善本을 얻어 보지 못하고 또 대방가大方家에게 나아가 취정을 못하고 다만 초이한 천품만 가지고서 그 고답적인 오견傲見만 세우며 재량을 할 줄 모르니 이는 숙계叔季 이래의 사람으로서 면하지 못하는 바이다. 그의 '옛것을 배우지 아니하고 정情에 인연하여 도를 버리는 자들에게 뜻을 전한 것'은 사뭇 자신을 두고 이른 말인 것도 같다. 만약 선본을 얻어 보고 또 유도有道에게 나아갔던들 그 천품天品으로서 이에 국한되고 말았겠는가.

한 마디로 재주는 타고 났지만 공부가 부족하고 제대로 배우지 못해서 우물 안 개구리와 같다는 뜻쯤 되겠다. 청나라의 문물을 경험하고 국제적 안목에서 글씨를 논하던 추사에게 조선만의 독특한 서법을 추구한 원교의 동국진체는 촌스럽게만 보였을 지도 모를 일이다.

이런 일이 있었다.

추사가 제주도 귀양길에 오를 때였다. 약관에 글씨와 학문의 깊이로 이름을 날리며 승승장구하던 그가 한순간 죄인이 되어 유배를 떠날 때였다. 추사는 제주도로 건너가기 전, 해남 대흥사에 들렀다. 마음을 나누는 벗, 초의선사를 만나기 위해서였다.

반갑게 인사를 나눈 두 친구가 대흥사 경내를 돌아보고 있을 때, 추사의 눈에 대웅전 현판이 들어온다. 원교가 쓴 '칼국수 면발(유홍준)' 같은 느낌을 주는 글씨다.

추사가 버럭 화를 낸다.

"이보게 초의! 조선의 글씨를 다 망친 게 원교 이광사일세. 알 만한 사람이 어찌 저런 현판을 내걸 수 있는가. 당장 태워버리게. 차라리 내가 하나 써줌세."

초의는 미소를 지으며 친구의 말을 들어준다. 대웅보전 현판을 떼어 창고에 넣어두고, 큰 붓에 먹을 흠뻑 묻혀 쓴 추사의 '무량수각无量

壽閣’ 현판을 대신 건다. ‘중국집 탕수육(유홍준)’ 같은 기름진 느낌의 글씨다.

그리고 9년의 세월이 무심히 흘러간다. 겨우 유배에서 풀려난 추사는 다시 대흥사를 찾는다.

“초의, 내가 전에 태워버리라고 했던 원교의 글씨는 어찌하였는가?”

추사의 물음에 초의가 미소를 지으며 말을 받는다.

“태워버리기엔 아까워서 창고에 넣어두었다네.”

“초의, 전에는 내가 잘못 보았어. 내가 쓴 현판은 태워버리고 원교의 글씨를 다시 걸도록 하게.”

천하의 추사가 자기 글씨를 태워버리고 원교의 글씨로 바꿔 달라면서 오류를 인정하다니, ‘우물 안 개구리’라며 혹평했던 원교의 글씨를… 법도를 넘어선 개성의 가치에 대해 그는 외로운 귀양살이에서, 인생의 쓴맛을 보면서 비로소 체득하게 되었던 걸까.

함경도에서 전라도 신지도로 귀양지를 전전하는 동안 원교에게 남은 것은 글씨뿐이었다. 가문은 풍비박살 나고 가족도 뿔뿔이 흩어지거나 죽었다. 독한 세월이었다. 참담한 세월을 견디게 해준 힘은 오로지 글씨. 원교에게 붓은 생명이었다. 자신이 살아 있음을 느낄 수 있는 건 글씨를 쓰는 순간뿐이었다. 원교는 쓰고 또 썼다. 그의 글씨를 받기 위해 길게 줄이 만들어졌다.

백련사, 대흥사, 내소사… 원교의 발걸음은 지리산 천은사에까지 이르렀다. 구례에서 노고단으로 오르는 국도 옆에 자리 잡은 천은사, 경내로 들어서는 첫 관문인 일주문 현판이 바로 원교의 글씨인 게다.

‘智異山 泉隱寺’

여섯 글자를 물이 위에서 아래로 흘러내리듯 석 자씩 두 줄로 내려 썼는데, 가만히 보자면 구불구불 물줄기가 흐르는 듯도 싶고 혹은 비스듬히 구부려져 누운 획에선 지리산 바람 소리가 들리는 듯도 싶다. 이 현판에 사연이 있다.

천은사의 본래 이름은 '감로사'. 경내에 이슬처럼 맑고 차가운 샘이 솟아나 감로사라 하였다고 한다. 하지만 임진왜란으로 불타버린 절을 중수할 무렵, 샘물 주변에 큰 구렁이가 자주 나타나 사람들이 두려워했으므로 한 사람이 용기를 내어 잡아 죽이자, 샘이 말라버렸다고 한다. 이로부터 화재가 자주 일어나기 시작하므로 사람들이 '절의 수기水氣를 지켜주던 이무기가 죽은 탓'이라며 숙덕거리게 되었는데, 원교가 '지리산 천은사' 여섯 글자를 써주면서 일주문에 걸면 다시는 화재가 일어나지 않으리라 하였다는 게다. 물론 그 이후로는 화재가 일어나지 않았고….

명필의 붓 한 자루로 화마火魔를 제압한 셈일까.

는개가 자욱하다. 숲에서 일어난 구름이 스멀거리듯 머리를 풀어헤쳐 흘러 다닌다. 좋은 날이다. 원교의 글씨가 영험을 나타냄인가.

우산 없이도 불편하지는 않다. 천천히 걷는다. '수홍루'가 서 있는 계곡 무지개다리를 건널 때는 물소리가 청량하다. 국도를 막아 절집에 들르지 않는 사람들에게까지 입장료를 받아내는 막무가내 행태에 고개를 갸웃했던 마음도 경내에 들어서는 순간 풀어진다. 주변에 있는 화엄사처럼 사람을 주눅 들게 하고 번잡스럽지 않아 좋다. 소박하고 아담하다. 주변의 자연과 서로 어울리는 절집은 예쁘다. 엄마처럼 포근하다고 할까.

팔상전 응진전 보제루… 이리 기웃 저리 기웃. 시간은 느리게 흘러

간다. 나뭇잎을 스치는 바람소리, 계곡의 물소리, 새소리들… 자연이 설하는 법문이다. 구태여 향을 피우고 경을 읊지 않아도 부처를 만난다.

극락보전極樂寶殿에 이르러 눈이 조금 더 커진다. 편액의 글씨가 대흥사에서 보았던 원교의 글씨와 너무도 닮았다. 글꼴과 획을 그어 내림이 영락없는 원교의 글씨다. 초서로 쓰인 극락보전 곁에 있는 명부전 현판에도 원교의 낙관이 찍혀 있으니 원교의 작품전시회를 여는 셈인가.

그러고 보면, 천은사에는 뛰어난 서예가들의 글씨가 많기도 하다. 보제루와 회승당 편액은 중국에까지 이름을 떨친 조선말의 서예가 창암 이삼만李三晩 선생의 글씨요, 극락보전 기둥에 매달린 주련의 글씨 또한 예사롭지 않다. 주련의 내용은 자주 보는 것이어서 익숙하지만 큰 붓으로 마음 내키는 대로 쓱쓱 써가면서도 법도에 벗어나지 않는 힘찬 글씨만은 눈길을 끈다.

極樂堂前滿月容　극락당전만월용
玉毫金色照虛空　옥호금색조허공
若人一念稱名號　약인일념칭명호
頃刻圓成無量功　경각원성무량공

극락당의 둥근 달과 같은 부처님 얼굴
옥호의 금빛은 허공을 비춘다.
만약 사람들이 한 마음으로 그 명호를 부른다면

한 순간에 한량없이 큰 공덕을 이루리라.

— 극락보전

　부처는 마음조차 끊어야 비로소 오고 글씨는 삶이 곡진해야만 깊어지는가. 원교의 처지가 늘 평온하고 행복했다면 우리는 원교의 지금 글씨를 볼 수 없을 지도 모를 일이다. 추사의 글씨가 제주도 귀양을 다녀온 뒤 바뀌었듯 원교의 글씨 또한 곡절 많은 인생살이로 인해 완성되었다고 말한다면 과언이 될까? 삶은 늘 아이러니해서 무언가를 잃은 뒤에 무언가를 얻게 되는 법인가보다.
　절집에서 나올 때는 비가 그치고 햇살이 비쳤다.

世尊當人雪山中　세존당입설산중
一座不知經六年　일좌부지경육년
因見明星云悟道　인견명성운오도
言詮消息遍三千　언전소식편삼천

세존께서 설산에 들어가셔서
한번 앉아 6년이 지남을 알지 못하였네.
밝은 별을 보고 크게 깨달으시니
한 말씀에 그 소식 삼천세계에 두루 퍼졌네.

— 팔상전

一葉紅蓮在海中　일엽홍련재해중
碧波深處現身通　벽파심처현신통
昨夜寶陀觀自在　작야보타관자재
今朝降赴道場中　금조강부도량중

한 떨기 붉은 연꽃 해중에서 솟으니
푸른 파도 깊은 곳에 신통을 나타내시네.
지난 밤 보타산의 관음보살님이
오늘 아침 도량으로 강림하셨네.

— 관음전

천불산 운주사

도선이 세웠다는 설과 운주雲住가 세웠다는 설, 마고할미가 세웠다는 설 등이 전해지나 도선이 창건하였다는 이야기가 가장 널리 알려져 있다. 1592년 임진왜란 때 법당과 석불, 석탑이 많이 훼손되어 폐사로 남아 있다가 1918년에 중건되었다.

1942년까지는 석불 213좌와 석탑 30기가 있었다고 하나 지금은 석탑 12기와 식불 70기만 남아 있으며, 수십 센티미터에서 10미터가 넘는 크기의 다양한 불상들은 투박하고 사실적이며 친숙한 모습이 특징이다. .

문화재로는 연화탑과 굴미륵석불, 보물 제796호인 9층석탑, 보물 제797호인 석조불감, 보물 제798호인 원형다층석탑, 부부 와불臥佛 등이 있다.

천불천탑의 꿈

"**언년이가** 서 있었던 게 쩌그였제잉?"

여인네들, 카메라를 꺼내들고 드라마 〈추노〉 이야기다.

"쩌짝으로 서 봐라이! 쩌~짝 말이여!"

운주사 서편 나지막한 구릉, 화마火魔에 살아남은 몇 그루 소나무들이 푸른 머리를 풀고 서 있는 곳. 황사가 자욱해서 하늘은 멀고 세상은 막막하다. 세상이 막막할 때 사람들은 꿈을 꾼다. 그들의 꿈속은 늘 소박해서 배가 부르고 등이 따습다.

돌사람 한 쌍이 나란히 누워 있다. 벌떡 일어서는 날 새 세상이 열릴 거라고 믿었다던 와불臥佛. 귀한 것과 천한 것, 부유한 자와 가난한 자의 구분이 없는 세상을 꿈꾸는 돌사람! 하여, 주림과 능욕의 세월을 애써 견디던 민초들이 소박한 원망願望을 담아 이 골짜기에 천 개의 탑을 세우고 천 개의 불상을 깎았다던가.

우르르 엎어지던 송태하와 그 부하들의 영상이 돌사람 얼굴에 겹친다. 생각해보면, 그들이 무릎을 꿇어 절했던 건 저 돌사람이 아니었지. 나라의 근본이라는 백성들이 아니었지. 사내들의 뻣뻣한 무릎을 꺾어 엎어지게 했던 건 언년이 품에 안긴 귀여운 사내아이였고, 그 아이는 임금의 손자였더랬지.

송태하는 고백했었지. "내가 꿈꾸는 세상은 임금을 바꾸는 것이 아니라 세상을 바꾸는 것"이라고.

그랬지. 그는 뼛속까지 양반이었고, 돌사람에 서려 있는 백성들의 세상은 꿈에서조차 멀었지. 인조에게 대항하면서 그의 아들을 따르는 어설픈 논리만큼이나 그가 꿈꾸는 세상은 구름처럼 손에 잡히지 않았지. 그랬지. 임금을 바꾸지 않고 세상을 바꾼다는 말은 허망했지. 그가 꿈꾸는 세상은 그저 '잃어버린 권력을 다시 잡는' 그런 세상은 아니었으려고….

한낱 드라마를 보면서 지나친 시비를 건다는 걸 나라고 모르랴. 하지만 여기는 운주사다. 민초의 땅이다. 민중의 염원이 서린 곳이다. 그래서 이곳이야말로 도망노비들의 안식처가 되었음직하고, 업복이와 초복이의 애처로운 입맞춤과 오히려 어울리지 않았을까 하는 싱거운 상념에 사설이 길었던 게다.

"양반 상놈이 뒤집어지믄 우리가 양반을 종으로 부리는 건가? 모든 백성이 왕 취급 받는다던데, 그럼 노비로 떨어진 양반도 왕 취급 받나?"

"그건 아니죠, 노빈데."

"아, 그럼 그렇게 뒤집어지는 것보단 양반 상놈 구분 없이 사는 세상이 좋은 거 아니나?"

양반 상놈 구분 없는 세상, 사람이 사람답게 살고 싶다는 꿈. 업복이 바라던 세상이야 말로 돌사람이 벌떡 일어나 만들고 싶었던 세상은 아니었을까? 운주사는 그런 염원들이 모여 이루어진 곳은 아니었을까?

조성국 시인은 〈운주사 와불〉이란 시에서 와불이 누워 있는 것이 아니라 북극성을 좌표로 삼아 저 광활한 우주로 성큼 성큼 걸음을 내딛는 것이라고 노래했다.

북극성을 좌표로 삼아 저 광활한 우주로, 억압과 착취가 없는 대동大同의 세계로 성큼성큼 걸음을 딛는 와불. 그저 엎드려 운명을 받아들이는 노예가 아니라 부릅뜬 눈으로 세상을 노려보며 분연히 떨쳐 일어서 세상을 짊어지는 민중영웅을 노래했다. 그렇다. 운주사는 민중이 주인이 되는 땅인 게다.

하여 운주사에서 장보고의 흔적을 찾았던 《천년의 비밀 운주사》의 작가 최홍의 시선은 이렇다.

운주사는 흔히 '천불천탑의 성지'로 불리지만 조금만 주의 깊게 살펴보면 불교 유적이 아니라는 걸 알 수 있다. 탑과 불상이라 불리는 석상들의 모양새나 배치 상태가 다른 불교 유적과 상당히 다르기 때문이다. 또한 언제, 누가, 무슨 목적으로 만들었는지 기록이 전혀 남아 있지 않다. 단순한 불교 유적이라면 이처럼 불가사의로 남겨둘 이유가 없다. 그 내막을 소상히 밝히고 널리 알려서 많은 사람이 찾아와 경배하도록 하는 게 불교 유적의 일반적인 특징이다.

운주사가 불가사의로 남은 것은 어떤 식으로든 권력과 관련되어 있기 때문일 것이다. 즉 왕조의 비밀을 담고 있거나, 왕권으로부터 보호하기 위해서였을 것이다. 세계의 불가사의 대부분이 왕권과 관련되어 있는 것과 마찬가지다. 여기에 불교식으로 유적들을 조성한 것은 그 내막이 불교와 관련되어 있어서가 아니었을까.

서기 841년 11월 어느 날, 청해진. 무정한 칼날이 사선을 그리며 허공을 베었을 때, 장보고의 머리가 떨어졌다. 비명조차 지르지 못할 찰나의 순간… 손에 쥔 술잔이 떨어져 한 가지로 깨졌다.

피 묻은 칼을 들고 목 없는 시체를 내려다보는 자는 염장이었다. 장보고가 김우징을 도와 민애왕을 칠 때, 한 갈래 군사를 맡겼던 부하 장수였던 그.

"일개 섬사람이 손에 쥐기엔 너무 과한 힘을 가진 게 그대의 죄다."

왕년의 전우를 맞아 호기롭게 취한 옛 상관의 살과 뼈를 끊으며 염장은 이를 악물었을까. 비죽이 웃었을까.

하지만 염장은 알지 못했다. 자신이 끊어낸 게 한낱 인간의 목이 아니라 해양대국의 장엄한 꿈이었음을….

장보고. 일개 변방의 섬에서 태어났으되 두려움 없이 미지의 세계로 여행을 떠났던 모험가. 천민의 몸에서 태어나는 순간 그 운명이 정해지는 동맥경화의 땅을 박차고 일어나 한반도 서남부에서 중국 산동반도 일대에 이르는 지역을 독자적으로 운영한 사내. 바다를 지배하는 자가 세계를 다스린다는 세계사의 지배 원리를 몸소 실천한, 문자 그대로 해상왕국의 건설자.

장보고의 본래 이름은 궁복弓福이다. 평민은 성姓을 가지지 못했던 신라의 관습에 따라 그는 성이 없는 자였다. 중국으로 건너간 이후, 궁弓 자가 들어 있는 장張을 성씨로 삼고, 복福 자의 발음을 그대로 따서 보고保皐라 개명하였을 것으로 추정된다. 한편, 일본 기록에서는 장보고張寶高라 하는데, 이는 그가 해상무역을 통해 거대한 부를 쌓았던 때문일 거라고 추측한다.

대부분의 평민 출신이 그러하듯 장보고에 대한 유년 기록도 없다. 동향의 후배 정년과 함께 당으로 건너갔던 건 그가 청년기에 접어들 무렵이었다. 입신출세의 원대한 꿈을 품고 바다를 건넜을 게다. 당시, 신라는 지극히 폐쇄적인 골품 사회여서 아무리 능력이 뛰어나다고 해도 평민이 출세할 수 있는 길은 전혀 없었다. 반대로 중국은 춘추전국 시대 이래 외국인에게 개방적인 문화를 가지고 있어서 당나라엔 고위 관리를 지낸 외국인들이 많았다. 더욱이 당시는 절도사들이 치열하게 세력다툼을 벌이고 있을 때여서 많은 외국인 용병들이 군문에 들어가, 무장의 거의 반이 외국인들이었다.

장보고는 이미 신라에 있을 때부터 탁월한 무예를 익히고 있었다. 궁복이란 본명 그대로 명궁이었다. 그러니 그가 입당하여 군문에 들어간 것은 당연한 일이다. 장보고는 여러 차례 공을 세우며 서른 무렵에는 무령군소장武寧軍小將의 직위까지 올랐는데, 무령군은 절도 이름이고 소장은 약 1천 명의 군사를 지휘하는 지휘관이다.

장보고가 무령군에 들어갔을 무렵은 당 조정과 제나라(평로·치청 절도) 사이에 벌어진 전쟁 말기였다. 제나라는 고구려 유민 이정기가 산동 반도 일원의 15개 주를 영지로 하는 평로치청절도사가 된 뒤 조세를 거부하고 독립을 선언한 당나라 최대 번진으로, 4대 55년에 걸쳐 세력을 떨치며 당과 대치했었다.

제나라는 당 제국 절도사들 중에서 최대의 영토를 가진 막강한 군사력과 막대한 재정 능력을 가진 독립왕국이었다. 제나라가 이처럼 짧은 기간에 당 왕조를 위협하는 막강한 세력으로 성장할 수 있었던 건 중국의 소금 유통량 대부분을 생산하고 있었을 뿐 아니라 신라와 발해 그리고 일본까지 아우르는 해상교역을 장악했기 때문이다. 또한 산동 반도 일원의 해운 요충지에 집단 거주하면서 막강한 경제력을 발

휘한 재당 한반도인들의 적극적인 후원도 매우 중요한 역할을 하였다.

하지만 10만이 넘는 최강의 군대를 거느리며 위세를 떨치던 제나라는 당 조정과 절도사들의 연합 공격을 받고, 이사도가 부하의 배신으로 피살되면서 멸망한다. 장보고가 군복을 벗은 것도 이 무렵이었다. 수십 년에 걸친 전쟁이 진정되면서 감군정책이 시작되었기 때문이다.

군문을 나선 장보고는 해상무역에 투신했다. 군사 전략가로서의 소양을 갖춘 그는 해상무역의 위험요소인 해적들을 효과적으로 제압할 수 있었고, 이미 제나라가 구축했던 해상무역 네트워크를 기반으로 해상무역의 강자가 된다.

하지만 장보고는 만족할 수 없었다. 당에서 노예로 팔리는 동포 신라인들의 안타까운 현실을 지켜보고만 있을 수가 없었다. 대부분의 해적들이 중국인들이기는 했지만 신라의 잡다한 해상세력들도 노예무역에 손을 대고 있었다. 군사력이 필요했다. 동포가 노비로 팔리는 노예무역을 애초에 막아야 했고, 그러기 위해서는 바다의 지배자가 되어야 했다.

흥덕왕을 알현한 장보고는 청해진 설치를 건의했다. "당나라 여러 곳에서 신라 사람들이 노비로 팔리고 있으니 해적들을 토벌하여 백성들이 노예로 잡혀가지 않도록 해야 한다"면서 '군사 1만을 규합할 수 있도록 허락해준다면 자신이 해적들을 소탕하겠다'는 건의였다. 그는 이미 무장으로 명성을 날리고 있었고, 산동 반도를 중심으로 해상활동 경험 또한 풍부했다. 여건만 주어지면 해적들을 소탕할 충분한 능력을 갖추고 있었다.

흥덕왕이 허락했다. 장보고는 청해(완도)에 진鎭을 세우고 군사 1만을 주둔시켜 바다를 장악하기 시작했다. 장보고가 세운 청해진은

국가 공식기구가 아니었으며, 독립된 사병의 성격이 짙었다. 장보고의 공식 관직인 '청해진대사淸海鎭大使 또한 신라의 관직에는 없는 것으로 당나라의 절도사와 비슷했다. 청해진이 독립적인 조직으로 활동을 할 수 있었다는 뜻이다.

청해진을 기반으로 서해바다를 깨끗이 치운 장보고는 잡다한 해상 세력들을 통제하면서 동북아시아 해상권을 완전히 장악했다. 그건 곧 3국간의 무역을 독점하면서 막대한 부를 얻게 되었다는 뜻이다.

예나 지금이나 돈은 곧 힘이다. 장보고에겐 막강한 군사력까지 있었다. 그의 운명은 또다시 바뀌기 시작했다. 김우징이 장보고에게 몸을 의탁하면서 신라 조정의 왕위 다툼에 끼어들게 된 것이다.

"대사가 나를 도와준다면, 내가 반드시 그 은혜를 갚겠소. 나를 도울 수 있는 사람은 대사뿐이오."

"맨입으로?"라고 되물었을까? 장보고는 김우징의 요청을 흔쾌히 수락했다. 당에서 돌아온 정년에게 5천 군사를 주어 서라벌을 치도록 했다. 왕의 군대는 허약했다. 김우징은 왕좌에 앉아 신무왕이 되었다. 술이라도 한 잔 나누면서 술김에 사돈을 맺자고 약속을 하였던가. 김우징은 자신이 왕위에 오르게 되면 장보고의 딸을 며느리로 삼겠다고 약속까지 하였더랬다. 하지만 신무왕은 명이 짧았고 그의 아들은 아비의 말이 가벼웠다. "바닷가 촌놈의 딸을 왕비로 삼다니 천부당만부당입니다. 통촉하소서!" 서라벌 귀족들이 눈을 부릅뜨고 떠들어대니 문성왕은 고개를 떨어뜨렸다.

"대사가 약속을 어겼다며 펄펄 뛸 텐데, 그럼 어찌 한단 말이오."

왕이야 이쯤 변명을 하면서 예쁜 왕비를 하나 더 두고 싶었겠지만, 이미 힘이 없었다. 귀족들은 펄펄 뛰었다. "염려마시지요. 자객을 보내 죽여 버리면 되지 않겠습니까." 피가 다르고 뼈가 다른 자가 돈 좀

벌고 힘 좀 가졌다고 어깨에 힘주는 꼴에 눈꼴이 시었을 그들이었다. 왕위 쟁탈에서 공을 세웠다 하여 6두품에도 못 드는 평민의 딸을 왕비로 받아들인다는 건 도저히 있어서도 안 되고 있을 수도 없는 일이라고 이를 악물었을 게다.

'염장을 보내 그자의 목을 따오도록 하자. 장보고가 염장을 믿으니 반드시 성공할 거다.' 장보고와 함께 민애왕을 쳤던 김양은 무릎을 쳤을까. 밀명을 받은 염장이 홀로 청해진으로 향했던 것이다.

장보고가 살해된 뒤, 청해진은 일거에 염장에 의해 장악되었다. 장보고를 제외하면 탁월한 인물이 존재하지 않았던 청해진의 한계랄까. "꿇어!" 염장의 한 마디에 청해진의 장수들은 머리를 처박았다. 장보고가 죽고 두 달이 지났을 무렵 일어났던 부장 이창진李昌珍 등의 반란이 진압된 뒤 청해진은 완전히 염장의 통제 아래 놓이게 되었다.

하지만 장보고를 따르던 민중들은 달랐다. 탄압 속에서도 끈질기게 저항했다. 결국 851년(문성왕 13) 2월, 신라 조정은 청해진을 폐쇄하고 10여만의 주민을 벽골군(전북 김제)으로 집단 이주시키는 것으로 골치 아픈 문제를 해결했다. 청해진이 국제 무역항으로서의 기능을 완전히 상실하는 순간이었다. 장보고의 이름 또한 반역자로서 역사의 그늘에 묻히고 마는 순간이었다. 남가일몽이었을까? 미천한 신분으로 너무나 큰 꿈을 꾸었기에 세상은 그를 용납할 수 없었던 것일까. 역사마저 오랫동안 그의 편이 아니었다.

"청해진 궁복이 왕이 자기의 딸을 맞아들이지 않은 것을 원망하여 청해진을 근거지로 하여 반란을 일으켰다.

— 〈삼국사기〉

"그때 궁파는 청해진을 든든히 지키고 있었는데 왕의 약속 어김을 원망하고 난을 꾀하자….

— 〈삼국유사〉

허나 역사는 시대의 요구에 따라 옷을 달리 입는 법이다. 한때의 반역자가 민중의 영웅으로 되살아나기도 하고, 한때의 충신이 고루하고 편협한 인물로 떨어지기도 한다.

왕조에 대한 충성이 강조되던 시대에 장보고가 정당한 평가를 받기는 어려웠다. 그렇게 장보고의 이름이 역사속에서 지워진 동안 한반도는 바다를 잊었고, 국력 또한 지리멸렬했다. 동서고금의 역사는 바다를 장악한 자가 세계를 제패함을 보여주지 않던가. 바다는 명실공히 미래의 자원이요 문화적 교류지이며, 생명의 원류가 아니던가. 바다는 육지의 끝이 아니라 시작이 아니던가.

일개 돌섬에 불과한 독도를 두고 한국과 일본 사이에 으르렁대는 건 바다의 중요성을 깨달은 때문이었다. 빌딩을 올리고 농사를 지을 수 있는 땅만 영토가 아니라는 걸 누구나 아는 지금, 장보고는 기지개를 켜고 있다. 하여, 운주사에 천불천탑을 세웠던 민중들의 염원처럼 그는 다시 부활하고 있다.

부활한 장보고는 우리에게 어떤 세상을 보여줄 것인가. 설마 자기 일가의 부와 권력만을 위해 블랙홀처럼 세상의 재화를 빨아들이는 탐

욕스런 무리들이 설치는 세상은 아니겠지. 내 편이 아닌 모든 것들을 적으로 돌려 사정없이 물어뜯고 가당치도 않은 누명이나 씌워대는 그런 세상은 아니겠지. 사람을 사람으로 대우하는 세상이겠지. 아무렴!

사람을 사람으로 대우하는 세상은 얼마나 먼가. 더불어 살아가는 세상은 어떻게 멀어지던가. 온갖 음모와 모략과 후안무치의 소인배들이 활개치는 더러운 세상의 끝은 어딘가. 오기는 하는가.

세상을 생존경쟁의 정글로만 인식할 때, 살아남기 위한 모든 수단은 정당성을 얻게 되는 법, 타인은 더불어 살아가야 할 동료인간이 아니라 한낱 사냥감에 불과한 법… 파렴치해질수록 힘을 갖는 잔혹한 자들의 사냥터에서 우리는 벗어날 수 있을 것인가. 비록 힘없고 가난할 지라도 인간으로서 살아남을 수 있을 것인가.

함께 도망쳐서 밭을 일구고 사냥을 하며 한평생을 지내자고 떠보는 업복이의 말에 초복이는 말한다. 그럼 누가 좋은 세상을 만드느냐고, 가서 싸우라고….

더불어 사는, 인간이 인간답게 사는 세상은 언제나 멀리 있지 않았다. 늘 내 손바닥 위에 있었다. 아니 엄지와 검지 사이에 있었다.

운주사에서, 와불의 곁에서, 황사에 잠긴 세상을 내려다보며 답답한 꿈이 길었다.

掌上明珠一顆寒　장상명주일과한
自然隨色辦來端　자연수색변래단
幾回提起親分付　기회제기친분촌

暗室兒孫向外看 암실아손향외간

손바닥 위에 영롱한 구슬 하나 있어서
저절로 색을 따라 드러내도다.
몇 차례나 친절히 전해주었건만
어리석은 아이들은 밖에서만 찾는도다.

— 지장전

佛身普編十方中 불신보변시방중
三世如來一體同 삼세여래일체동
廣大願雲桓不盡 광대원운항부진
汪洋覺海激難窮 왕양각해묘난궁

불신이 시방에 충만하시니
삼세여래가 한 몸이시다.
광대한 원력이 항상 다함이 없으시니
넓고 넓은 깨달음의 바다 헤아리기 어렵다.

— 대웅전

만덕산 백련사

839년 무염無染 스님이 창건하였다. 고려시대 원묘 국사 요세了世 스님에 의해 교세가 확장되었으나 조선시대에 들어 불교가 탄압받고 왜구들의 잦은 출몰로 명맥만 겨우 유지하다가 효령대군이 8년 동안 기거하면서 중건되었고 효종 때 다시 중수를 하면서 탑과 사적비가 세워졌다.

대웅전은 정면 3칸, 측면 3칸에 팔작지붕의 건물로 단청이 잘 되어 있는 다포집 건물이며 시왕전, 나한전, 만경루, 칠성각 등의 건물이 있다. 대웅보전과 만경루의 글씨는 원교 이광사의 글씨로 눈여겨볼 만하다.

비자나무 후박나무와 함께 동백나무 숲(천연기념물 151)이 장관을 이루고 강진만을 내려다보는 조망이 일품이다.

뿌리의 힘

봄이 왔어도 봄이 아니었다. 바람이 불어서 성급한 개구리 몸뚱이가 얼고 하늘이 낮아서 바다가 멀었다. 강진 바다는 깊이 들어오고 육지는 멀리 나가 파도가 순했다. 푸른빛을 입기 시작한 논두렁 밭두렁과 길가에 서서 연한 싹을 밀어내고 있는 나무들… 절기는 어쩔 수 없는 것이어서 추위에 떨면서도 봄은 와 있었던 것인가. 동백나무 꽃송이는 툭툭 모가지가 끊어져 백련사 오르는 길에는 붉은 빛이 흥건했다. 절집으로 오르는 사람들이 목을 움츠렸고, 남도의 바다에서 일어난 바람이 개펄을 건너 우~우 몰려왔다. 길 위에 누운 나무가 바람을 탔다. 모가지가 꺾인 동백꽃이 후두두 떨어져 그림자 가지에 꽃송이가 질펀했다.

백련사 마당엔 상춘객들이 흔했다. 배롱나무 가지는 푸른빛이 멀었고 가지 사이로 남도의 바다가 아득했다. 백 일 동안 꽃을 피워서 나무 백일홍이라고도 한다는 저 배롱나무… 예부터 선비들이 풍류를 읊던 정자나 산사의 앞마당에 피어 사랑을 받았던, 속살을 드러내 비틀린 몸으로 나이를 먹어가는, 꺾이고 굽은 가지로 하늘을 움켜쥐며 서 있는 저 배롱나무는 몇 년 동안이나 이 절집 마당에서 나이를 먹어왔을까. 혹 200년이나 묵어 다산의 손길을 타지는 않았을까.

내 영혼이
백련사 앞마당의 백일홍을
스님들 몰래 눈빛에 담아 와
뜨락에 심었더니
…… 〈후략〉
— 김재석

시인이 백련사에 들러 스님 몰래 배롱나무 한 그루를 눈에 담아와 영혼의 뜰에 심었던 것처럼 다산 또한 그러했을까. 벗이요 스승이요 제자였던 혜장 스님과 차를 나누며 유배지의 고적孤寂을 위로받았을 다산의 봄날도 이러 하였을까. 저 백일홍 꽃그림자 어름을 서성거리지는 않았을까.

233

백련사와 다산의 초당은 바로 이웃. 글을 쓰다가 눈이라도 침침해지거나 수상한 세월에 가슴이 답답해지거나 벗과 더불어 나누는 차 한 잔이 그리워질 때, 다산은 이 조망이 좋은 절집으로 걸음을 하였겠지. 아마도 동백꽃이라도 피어 위아래가 다 붉어질 봄날이면 특히나 걸음이 잦아졌겠지. 느긋한 걸음으로 초당에서 산길을 타 건너오면서 꽃과 차향과 벗을 떠올려 마음마저 흐뭇해졌겠지.

경내는 작아도 보이는 것들은 커서 걸음이 한가하였다. 외롭게 서있는 돌탑과 어울리고 배부른 절집 개를 희롱하다 고개를 들어보니 만경루… 원교 이광사가 썼다는 편액을 달고 있다. 문득 그 현판을 보며 시를 읊던 다산을 생각했다.

……〈전략〉

큰 인재 외진 바닷가에서 불우하게 죽다니

남긴 자취 처량해서 눈물이 줄줄 흐른다.

……〈후략〉

다정도 병인가. 동병상련의 귀양객으로서 감회가 절절했던 겐가. 글씨 하나로 한 사내의 마음을 짐작해 알 수 있는 눈은 어떤가. 좌절감은 늘 돈이나 명품 따위로부터 오지 않아서 한숨을 내쉰다.

다산이든 원교든 잠시 헤어져 경내를 구경한다. 절집에 오면 늘 그랬듯 한가로운 개처럼 어슬렁거린다. 돌 축대 틈에서 이름 모를 작은 꽃을 찾아 들여다보기도 하고, 법당의 부처님과 잠시 눈을 맞추기도 한다. 들숨과 날숨을 가지런히 하여 백일몽에 빠져보는 것도 즐거운 일이다.

절집 꼭대기 터에 자리 잡은 현판도 없는 전각 댓돌에 몸을 부린다. 한결 햇살이 부드러워 졸음 겹다. 백련사 기둥엔 주련조차 매달려 있지 않아서 눈길은 흐릿한 바다로만 달린다. 바다는 비어 있다. 바다에서 일어난 차가운 바람이 법당 문짝을 덜커덩 흔든다. 빈 법당 기둥을 손바닥으로 핥는다.

불립문자不立文字.

달마는 도를 이룸에 문자가 필요치 않다고 했다. 제자인 혜가가 가

르침을 문자로 전할 수 있겠느냐 물었을 때, "나의 법은 마음으로써 마음에 전하느니 문자를 쓰지 않느니라 以心傳心 敎外別傳"하였더랬다. 문자가 하나의 방편이 될 수 있겠지만 도의 본질과는 아무런 관계가 없다고 하였더랬다.

그러하다. 도라고 이름 하는 순간 이미 도가 아니라 하였으니, 하물며 문자임에랴. 글로 사람을 현혹하고 글로 밥을 만드는 손가락이 공연히 오그라든다. 내 글에는 마음이 들어 있었던가. 혹여 사람을 헷갈리게 만들었을 뿐인 요설에 불과하지는 않았던가.

머문 지 이미 오래였다. 초당으로 갈 셈이었다. 다산이 오가던 숲에는 두 쌍의 부도가 한가로웠고 동백이 한창이었다. 나무 발치에서도 꽃무리가 또한 한창이었다. 하늘을 가린 이파리들을 뚫고 들어온 햇살에 동백의 붉은색이 환하게 빛났다. 소월은 진달래꽃을 즈려밟고 가시라 하더니만 백련사 숲은 동백꽃을 밟으며 가야 하는 길이었다. 다산을 만나러 가는 길이었다.

다산. 말을 꺼내기 난감할 만큼 높고 넓고 깊은 산. 나와 같은 이들은 그 산에 갇혀 헤매다 죽을 수밖에 없는 거대한 산….

"다산 선생 한 사람에 대한 연구는 조선사의 연구요, 조선 근세사상의 연구요, 조선 혼의 밝음과 가리움 내지 조선 성쇠존망에 대한 연구다."

위당 정인보 선생의 말이 이러하였다. 호치민 또한 《목민심서》를 두고 반드시 읽어야 할 책이라 하며 감탄했던 인물이었다.

거칠게 말해보자면 다산은 실학의 집대성자요, 청렴하고 유능한 목민관이요, 사리가 분명하고 예리한 재판관이요, 500여 권이 넘는 책을 써낸 위대한 저술가요, 230권이 넘는 육경과 사서에 대한 방대한 연구로 경전을 재해석하여 새로운 체계를 수립하였을 뿐 아니라 주희를 비롯한 종래 성리학자들의 낡은 교리를 깨뜨리고 뛰어넘어 인간과 세상에 대한 새로운 이해를 가능하게 하였던 대 사상가요, 풍부한 감성을 지닌 시인이요, 기술자이기까지 했던 인물이었다.

너무 커서 전체를 한눈으로 볼 수 없는 산… 그래서 다산을 제대로 이해하는 건, 다산을 말하는 건, 내게 난망한 일이었다. 뭉툭한 연필로 다산을 그린다는 건 더욱이 가당치 않은 일이었다.

그저 하나의 일화를 읽어보는 일로 다산의 얼굴을 일부분이나마 짐작해보는 게 나을 듯싶어서 다산이 곡산부사로 부임했을 때 처리한 이계심 사건을 정리해보기로 하였다.

이계심은 황해도 곡산에 사는 백성이었다. 다산이 부임하기 전, 소리小吏가 농간을 부려 군포 40자의 대금으로 200냥을 거두어야 마땅했으나 900냥을 걷자 백성들의 원성이 크게 일어났다. 이에 이계심이 주동자가 되어 천여 명의 백성들과 함께 관官에 들어가 시위를 벌이자 수령이 이계심을 체포해 처벌하려 하였다. 하지만 몸을 피해 숨은 이계심을 끝내 잡지 못했는데, 왜곡된 소문이 서울까지 퍼져 다산이 곡산부사로 임명되어 떠나려 하자 여러 대신들이 주동자들을 잡아 처형하라고 권했다.

다산이 곡산 땅에 들어섰을 때, 한 사내가 길을 막고 호소문을 올렸다. 그가 바로 이계심. 다산이 그 글을 받아 보니 백성을 병들게 하는 12가지 조항이 적혀 있었다. 다산이 이계심에게 뒤를 따라오도록 했더니 아전이 말했다. "이계심은 오영에서 체포령이 내려진 죄인입니다. 법에 따라 붉은 포승줄로 결박을 하고 칼枷을 씌워 뒤따르게 함이 마땅한 줄로 아옵니다."

다산은 아전의 말을 물리친 다음, 관청에 오른 뒤에 이계심을 불러 이렇게 말했다.

"한 고을에 모름지기 너와 같은 사람이 있어 형벌이나 죽음을 두려워하지 않고 만백성을 위해 그들의 원통함을 폈으니, 천금은 얻을 수 있을지언정 너와 같은 사람은 얻기가 어려운 일이다. 오늘 너를 무죄로 석방한다."

이에 백성들의 원통함이 펴지고 화락해졌다.

《목민심서》에는 또 이런 내용이 있다.

1798년 겨울에 조세의 현물 수납을 이미 절반이나 끝냈는데, 상부 관청인 선혜청에서 공문서를 보내 좁쌀 7천석을 현금으로 납부하라고 독촉하였다. 그것은 본래 서울의 선혜청에서 임금에게 아뢰어 허락을 얻어서 공문을 보냈지만, 나는 그럴 수 없다고 고집하여 그대로 현물을 수납하고 창고를 봉하였다. 서울의 선혜청에서 나를 죄줄 것을 청하였으나 임금이 황해감사가 올린 자세한 장계狀啓를 보고는 '잘못은 선혜청에 있고 정약용은 죄가 없다'라고 하였다. 사표를 내고 돌아가려다가 마침 정부의 소식을 듣고 눌러앉았다.

다산은 수령의 위엄을 내세워 백성을 힘으로 누르는 대신 그들의 아프고 쓰린 곳을 위로하고 달래는 목민관으로서의 품성이 이와 같았고, 부당한 상부의 지시에 맞서 소신을 지켜가는 관리로서의 태도가 또한 이와 같았다.

그저 가만히 엎드려 있으면서 월급봉투만 챙기거나 국민은 아랑곳

없이 사익을 위해서만 눈이 벌건 공직자들이 적지 않은 요즘, 다산은 어떤 의미로 다가오는가. 어느 블로그에 들렀다가 이런 글을 봤다.

〈고위공직자가 되기 위한 자격 조건〉
1. 반드시 법을 어길 줄 읽어야 한다.
2. 부동산 투기에 신출귀몰한 재주가 있어야 한다.
3. 뇌물을 받을 줄 알아야 한다. 단 금액은 억, 억이 넘어야 한다.
4. 닭 잡아먹고 오리발 내밀 줄 알아야 한다.
5. 수시로 위장전입 잘 할 줄 알아야 한다.

웃어야 하건만 웃을 수가 없었다. 칼날은 무력한 자들만 노려 겨누어지고, 파렴치한 정치꾼과 공직자들이 오히려 정의와 청렴을 말하는 미친 세상이 유독 오늘만은 아니어서 다산은 18년 동안이나 유배지에 처해졌고, 그것이 오히려 우리에게는 축복이어서 세계에 내놓을 자랑을 가지게 되었다. 이 얼마나 역설인가.

다산이 18년의 세월을 바쳐 생각하고 생각하며 방대한 저서를 썼던 것은 지루한 세월을 이기기 위함이 아니었다. 다산에게 조선은 썩을 대로 썩은 세상이었고, 뿌리부터 바꾸지 않는다면 곧 주저앉을 폐가에 다름 아니었으니 그 두려운 마음이 어떠하였을 것인가. 집이 무너져 온 백성이 깔려죽기 전에 기둥을 바로세우고 서까래를 바꿔야 한다는 노심초사가 방대한 저서를 만들어낸 에너지였던 게다. 그건 바로 조선의 철저한 '개혁'이었던 게다.

"털끝 하나인들 병들지 않은 부분이 없습니다. 지금 당장 개혁하지 않으면 나라는 반드시 망하고야 말 것입니다."

어떻게 나라를 개혁할 것인가. 큰 계책은 무엇이며, 세부적인 방안

은 무엇인가. 다산은 임금에게 국가경영의 법과 제도와 정책의 개혁을 조언하기 위해 《경세유표》를 지었고, 법과 제도가 제대로 집행되려면 공무원들이 청렴한 도덕성을 회복해야 하기에 《목민심서》를 저작하였으며, 수사와 재판의 공정성이 확보되어야만 억울한 누명으로 감옥에 가는 사람이 없어질 것이기에 《흠흠신서》를 써내려갔었다. 또한 구성원 모두의 실천 행위 없이는 나라가 개혁될 수 없기에 조선의 정신과 철학을 뿌리부터 바꾸고자 성리학적 경전을 민중적이고 실학적으로 전환시킨 232권의 방대한 경학연구서를 완성하기에 이르렀던 게다.

오늘날의 다산은 있는가? 있으되 다산처럼 세상 어느 곳에 유배되어 있는가.

다산을 불러오는 것은 결국 우리들일 게다. 다산을 받아들이지 못했던 조선이 파멸의 길을 향해 갔던 것처럼, 우리의 다산을 불러내지 못한다면 살만한 세상은 멀어질 수밖에 없으리라. 다산이 강조했던 것처럼 정의로운 사람들이 대접받고 수사와 재판에서 억울한 사람이 없는 세상은 요원할 것이다.

길은 멀고 해는 아직 짧다. 다산을 마음에 담고 내려가는 마음이 무거운 건 그가 만들고 싶어 했던 세상이 여전히 아득한 때문일까. 하지만 잊지 않는다. 쑥의 싹은 연약해도 그 뿌리는 질기다는 걸… 초당에서 내려가는 길에서 다시금 세상이 유지되도록 만드는 그 뿌리들의 힘을 본다. 숨어 있어도 드러나 있어도 나무 한 그루 굳건히 버티게 하는 그 뿌리들의 질긴 힘을….

팻말로 적혀 있는 정호승의 시 한 편을 오래도록 읽었다.

다산초당으로 올라가는 산길

지상에 드러낸 소나무의 뿌리를

무심코 힘껏 밟고 가다가 알았다

지하에 있는 뿌리가

더러는 슬픔 가운데 눈물을 달고

지상으로 힘껏 뿌리를 뻗는다는 것을

지상의 바람과 햇볕이 간혹

어머니처럼 다정하게 치맛자락을 거머쥐고

뿌리의 눈물을 훔쳐 준다는 것을

나뭇잎이 떨어져 뿌리로 가서

다시 잎으로 되돌아오는 동안

다산이 초당에 홀로 앉아

모든 길의 뿌리가 된다는 것을

어린 아들과 다산초당으로 가는 산길을 오르며

나도 눈물을 닦고

지상의 뿌리가 되어 눕는다

산을 움켜쥐고

지상의 뿌리가 가야 할

길이 되어 눕는다

― 정호승, 〈뿌리의 길〉

남한산 장경사

인조 2년(1624년) 남한산성을 고쳐 쌓을 때 승려 각성을 팔도 도총섭都摠攝
으로 삼아 전국의 승려를 번갈아 징집하여 사역을 돕게 하였는데, 이들의
숙식을 위하여 각성이 인조 16년(1638년)에 건립한 절이다. 당시 이러한 목
적을 위해 성안에는 9개의 절이 세워졌는데, 장경사만이 본래의 모습으로
남아 있다.

효종이 북벌을 계획하면서 이 절에 지휘본부 격인 총섭을 두어 승군을 훈
련시키는 한편 성 안에 있는 다른 절뿐만 아니라 전국의 승군을 지휘하는
국방 호국사찰의 역할을 담당하였다.

봄이 왔어도 봄이 아니라네

　　　　　　남한산성 남문 오르는 산길에는 꽃들이 질펀했다. 벚꽃은 구름처럼 흐드러져 허공을 덮고 진달래 피어서 아롱아롱 붉었다. 백령도 캄캄한 바다 속으로 꽃 같은 젊은 목숨들이 스러지던 그 봄날, 산에는 꽃들이 피어서 상춘객 또한 넘치고 넘치었다. 봄은 봄이되 질기도록 추위가 가시지 않던 날씨도 그 날만은 맑고 따뜻하여 사람들까지 꽃으로 피었다. 사람 꽃이 꽃그늘 아래에서 환하게 웃었다. 벚꽃처럼 진달래처럼 한 가지로 환하게 피었다. 슬픔이, 안타까움이, 분노가, 모두 잦아든 평화로운 시간이었던가. 하얀 벚꽃 꽃이파리들이 작은 나비처럼 허공을 지우며 폴폴폴 흩어져 내렸다.

　　　이곳은 남한산성. 슬픈 역사와 닿아 있는 땅이며, 검은 바다 속을 떠도는 젊은 혼들의 호곡 또한 가까이 있었다.

　　　병자호란… 능양군(인조)을 등에 업은 서인들이 쿠데타를 일으켜 광해군을 몰아냈을 때, 그 전쟁은 이미 예고된 거나 마찬가지였었다. 소위 '인조반정'은 정묘호란과 병자호란이란 쌍생아를 이미 뱃속에 가지고 있었던 게다.

조선 역사에는 '군君'으로 불리는 두 명의 왕이 있다. 연산군과 광해군. 연산군은 말 그대로 폭군으로 불려도 할 말이 없는 입장이지만, 광해군은 달랐다.

광해군은 본래 현군의 자질을 지닌 임금이었다. 그는 아버지 선조가 명나라로 도망칠 생각만 하며 북으로 걸음을 재촉하는 동안 우여곡절 세자의 자리에 앉았다. '나는 안전한 곳에 있고자 하니 뒷일은 네가 책임을 져라!' 아버지가 가라앉는 배를 버리고 구명정을 타며 떠넘긴 짐을 그는 피하지 않았다. 동분서주 하였다.

제살길만 찾는 왕을 백성들은 믿지 않았다. 제 목숨만 구하는 고관대작들을 백성들은 경멸하였다. 그리하여 민심은 찢어지고 희망은 흩어진 땅에서, 그는 임금을 대신해 백성들을 어루만지고 싸워야 할 이유를 만들어 준 유일한 왕실 인물이었다. 그나마 흩어진 민심을 모으고 왕실의 권위를 지킬 수 있었던 건 오로지 그의 공이었다.

온갖 분란을 거쳐 왕위에 오른 후에도 그는 최선을 다해 난국을 돌파해 나갔다. 왜란으로 폐허가 된 나라를 다시 일으켜 파탄 지경의 국가재정을 튼튼히 하였고, 불타버린 궁궐을 재건해 비웃음거리로 전락한 왕실의 권위를 세웠다. 전쟁을 겪으며 백성들이 겪는 참상을 직접 목격하였기에 조세를 고루 하며 민생을 구제하고 민심을 어루만지는 데 온힘을 다했던 왕이었다. 조선 역사에서 흔치 않은 준비된 임금이었다. 그런 그가 폭군이라는 오명을 쓰고 쫓겨났다.

반정을 당하면서 그에게 씌워진 누명은 여럿이며, 논란거리지만 실제의 이유는 단 한 가지로 모아진다.

"우리나라가 중국을 섬긴지 2백여 년, 의리로는 곧 군신이요, 은혜로는 부자와 같도다. 임진왜란 때 나라를 다시 세워준 은혜는 만세토록 잊을 수 없도다. 선왕(선조)이 어위御位 하신 지 40년 동안 지성으로 사대하여 평생 등을 서쪽으로 대고 앉으신 적이 없었다. 광해군은 배은망덕하여 천명의 두려움을 잊고 음흉하게 두 마음을 품어 오랑캐에게 정성을 바쳐 기미년 오랑캐를 칠 전역에 참가하면서 장수에게 '정세를 보아 향배를 정하라'고 일렀도다. 그리하여 끝내 온 군사가 오랑캐에게 투항하여 사해에 떠돌게 하였도다. … 우리 삼한 예의의 나라로 하여금 오랑캐와 금수의 지경으로 돌아가게 하였으니 통탄해본들 어찌 말을 다하겠는가?

— 〈광해군일기〉 15년 3월조

한 마디로 명에 대해 사대하지 않고 청나라에 부화하였다는 게 죄명이다.

광해군은 첩보전을 통해 명나라가 이미 다 썩은 집에 불과하며, 후금이 무서운 기세로 세력을 키우고 있음을 간파하고 있었다. 임진왜란의 상처를 채 치유하지도 못했던 조선이 후금을 상대로 전쟁을 불사한다는 건 불속으로 뛰어드는 나방이 되는 꼴임을 그는 알았다. 명나라에 대한 명분과 후금의 현실적인 힘 사이에서 조선이 취할 외교적 판단은 분명했다.

북방의 두 세력 사이에서 교묘한 외교적 판단으로 위태로운 길을 헤쳐가고 있던 광해군의 태도를, 쿠데타 세력은 구실로 삼았던 게다. '재조지은再造之恩을 저버린 패륜을 징벌한다'는 명분으로 쿠데타를 일으켜 권력을 잡은 인조와 서인세력에게 청나라와 타협한다는 건 목을 내줄지언정 도저히 받아들일 수 없는 일이었던 것이다. 존립 근거

를 송두리째 부인하는 일이었던 게다. 유일한 구호는 '숭명반청崇明反淸, 오랑캐 토벌!'

더하여 힘이 없어도 늘 입만은 빠르고 용감했다. 아니 적도 모르고 자신은 더욱 몰랐다. 전쟁은 입으로 치루는 것이 아니었다. 결국 3만의 후금(청) 군대에게 대패하여 후금을 형님으로 모시며 겨우 수습한 게 아홉 해 전 정묘년이었다.

그래도 그들은 아무 것도 배우지 못했다. 전쟁의 아픔 또한 기억하지 못했다. 스스로 지키지 못하는 자의 운명을 그들은 모르거나 외면했다. 모든 책임은 만주 오랑캐 탓이었다. 반성할 줄 모르는 자들이 대책을 마련할 수 있는가. 힘을 키우는 데는 무능하고, 정세를 보는 눈은 어두웠어도 늘 입만 빠르고 거셌다. '타도 오랑캐!'

청의 사신을 쫓아내고 국서를 찢었다. 문서를 빼앗겨 청에 대한 공격 의도까지 적에게 들켰다. 청나라의 공격은 불을 보듯 했다. 권력자들은 현실에 눈을 감은 채 전쟁을 말했다. 판윤 최명길이 전쟁이 일어나기 석 달 전, "강물이 얼면 화가 목전에 닥칠 것"이라고 경고하였지만 왕은 아무 대답이 없었고, 척화파는 최명길의 목을 베어야 한다며 벌떼처럼 일어섰다.

하지만 말을 먼저 세우는 자들이란 게 막상 일을 당하면 비겁하고 무능한 법… 청 태종이 직접 거느린 12만 대군이 무인지경을 달려 불과 6일 만에 도성의 코앞에 이를 때까지도 돌아가는 판세를 까맣게 몰랐다. 우왕좌왕 하는 동안 강화도로 가는 길까지 청나라 군사에 의해 막히자 공포에 질려 도성을 빠져나간 곳이 시체가 나가는 수구문이었다. 구르고 뛰면서 남한산성 남문에 도착한 게 밤 두 시쯤… 왕은 또다시 백성을 버렸다. 도성 백성들의 울음소리가 높았다.

그해 겨울은 추웠다. 땔감도 식량도 부족한 성에서 1만 3천 병사들은 얼었다. 몸이 얼고 마음도 얼었다. 남쪽에서 올라오던 근왕병이 무참히 패하여 희망이 끊어지고, 야습을 위해 북문으로 나갔던 3백 결사대마저 전멸하고 보니 추위는 더욱 극極했다. 희망이 끊어진 성안에서도 화전 양론을 두고 다툼이 치열했다. 공허한 말들만 넘쳐났다.

그들이 산에 숨어 말로 전쟁을 하는 동안에도 산 아래에서는 버려진 백성들이 날마다 창에 찔리고, 강간을 당하고, 얼었다. 여전히 산 위에서는 오랑캐에게 항복하느니 목숨을 버리겠다는 말들만 무성했다. 목숨을 버린 자는 없었다.

얼었던 성에도 꽃이 한창이다. 남문으로 들어가 서문으로 길을 잡으니 성벽을 따라 언 손을 비비고 언 발을 구르는 병사들. 환영幻影이었다. 성 너머로는 봄이다. 봄볕 아래 유유한 산들 그리고 성가퀴처럼 솟아오른 빌딩들이 청나라의 군영처럼 멀리까지 퍼져 있다. 병자년에 왕이 버리고 왔던 저곳에서 수없이 많은 백성들이 죽어나갔지만 그 세월도 이미 멀어서 평화로운 일상이 이어지고 있었다.

성을 따라 산책을 즐기는 사람들도 많았다. 아이에게 병자년의 일들을 이야기해주며 가족들이 걷는 길. 꼭 잡은 손으로 소곤소곤 할 말도 많은 연인들이 걷는 길. 계모임 아주머니들이 목젖 크게 웃으며 걷는 길. 초로의 아내와 남편이 앞서거니 뒤서거니 걷는 길… 이 길을 가면 수어장대를 만나고 연주봉 옹성을 만나고 서문을 만나게 된다.

서문, 우익문右翼門이라는 현판을 달고 있는 문. 왕이 나갔던 문이었다. 이 문을 나서며 왕은 남색으로 물들인 옷을 입었다. 신하를 뜻하는 남색 옷. 그나마 대지에는 봄기운 돌고 있었다.

임금이 산을 내려와 가시를 깔고 앉았더니 조금 뒤에 갑옷 입은 청
나라 군사 수백 명이 달려 왔다 … 임금은 삼정승과 판서, 승지 각
다섯 사람과 한림원 주서 각 한 사람, 세자는 시강원 익위사의 관원
들을 거느리고 삼전도로 나아갔다.

— 정지호, 〈남한일기南漢日記〉

이미 망해가는 명나라를 붙들고 소중화小中華를 자처하며 청과의
전쟁을 불사하겠다는 한심한 정세판단이 부른 참혹함이 왕을 기다리
고 있었다. 언 땅에 세 번 엎드리고 아홉 번 이마를 땅에 두드렸다.
"네가 감히 시늉만 하느냐!" 청 태종의 한 마디에 왕의 이마에서 피가
흘렀다. 산에서 자주 훌쩍거리던 왕의 눈에서 또다시 눈물이 흘렀다.
명나라 황제의 앞이었다면, 그런 마음이었을까? 청 태종의 발밑에 무
릎 꿇었던 걸 왕은 평생의 치욕으로 알았다. 그래서 우리는 그 일을
'삼전도의 치욕'이라 불러왔다.

하지만 왕의 치욕이 백성에겐 지옥이었다. 나라가 지켜주지 못한
백성들의 운명은 비참했다. 60만이 넘는 백성들이 청나라로 잡혀가
노예로 부려지다 무주고혼이 되었다. 수도 없이 많은 여자들이 양반
과 상민을 가리지 않고 끌려가 노리개가 되었다. 다행히 속전을 내고
고향으로 돌아왔어도 '환향녀(還鄕女-화냥년의 어원)로 멸시를 받으며
목숨을 끊는 경우가 비일비재였다. 입만 빨라서 백성들을 도륙 낸 자
들은 다시 명나라에 대한 은혜를 말하고 오랑캐에 대한 복수를 말하며
얼굴이 붉어졌다.

서문에서 성벽을 따라 동문으로 가는 길은 사진을 찍는 사람들이

좋아하는 곳이다. 그곳에 서면 서울의 빌딩과 한강과 남산이 아련하게 펼쳐진다. 어두운 길을 더듬어 와서 삼각대를 세워두고 야경을 담는 사람들도 많은 곳. 끝없이 펼쳐진 도시를 향해 망원렌즈를 겨누며 그들은 어떤 이야기를 담을까. 가까운 곳에서 들여다 본 사람만이 사람의 삶을 알 수 있지는 않을까? 왕은 늘 백성들과 멀리 있었다.

돌고 뻗으며 성벽은 흘러내려간다. 웅장하게 뻗어나가 스스로를 가두는 성벽, 그렇게 오르내리며 동쪽으로 흘러가면 장경사에 닿는다.

장경사長慶寺. 인조 2년(1624) 남한산성을 수축하면서 징집한 승군의 숙식과 훈련을 위해 세운 일종의 군막사찰이었다. 남한산성 내에는 본래 9개의 사찰이 있었지만 건립 당시의 모습으로 남아 있는 건 장경사가 유일하다고 한다.

물 한 잔이 간절했다. 꽤 커다란 은행나무 곁의 샘물로 목을 축였다. 부지런한 나무는 이미 신록이 눈에 부셨지만 은행나무는 아직 꿈에 잠긴 채 겨울 빛이다. 그래도 절집에 들렀을 때 눈길을 잡는 건 그 나무가 유일했다. 동행이 말했다. "왠지 신기神氣가 느껴지는 것 같지 않아?" 그것까지는 모르겠어도 고개를 끄덕였다. 어떤 사람들은 사물이 주는 기운을 더 민감하게 받아들인다.

절집은 조금 어수선한 느낌이었다. 마당 한편에 있는 컨테이너 시설물 탓일까. 건물들이 조선후기의 '사찰의 건축양식'을 잘 보여주는 문화재로서의 가치를 지니고 있다고 하는데, 나는 대개 가람 전체가 주는 분위기를 더 탄다. 대웅전 옆에 쇠줄을 늘어뜨려 소원 쪽지를 걸도록 만들어진 시설물을 보면서도 고개가 기울어졌다. 일본 신사神社의 소원 쪽지에서 한글을 보았을 때 느꼈던 느낌과 비슷하다고 할까. 이곳은 민족사의 성지라 할 수 있는 남한산성이고, 아픈 역사를 품은 곳이기에 더욱이 그런 느낌을 받았는지도 모를 일. 다만 기둥에 달려

있는 주련들은 대개가 한글로 풀어쓴 것들이다.

온 누리 티끌 세어 알고서
큰 바다 물을 모두 마시고
허공을 재고 바람 얽어도
부처님 공덕 말 다 못하리.
— 대웅전

세상사 정의롭지 못함을 탓하지 말라. 누가 알 수 있는가, 그 또한 초월적 존재의 배려인 것인지. 바다를 모조리 마셔 비워 버리거나 바람을 묶어 놓을 능력으로도 가늠할 수 없는 어떤 존재의 계산속인지… 인간이 모여 살았던 이래로 정의가 승리한 역사가 드물었고, 부와 권력이 평등하게 나눠진 적이 없었어도 사람들은 그럭저럭 살아가고, 세상은 여전히 잘 돌아가고 있으니! 어쩌면 우리가 말하는 정의와 평등이 이루어진 곳이야말로 사람이 자살하고 싶어 할 만큼 따분한 세상이어서 초월적 존재는 끊임없이 풀리지 않는 숙제를 던져주는 것인지도 알 수 없는 일.

입을 다문다. 불평객은 절집을 떠난다. 성가퀴를 따른다. 그렇게 내려가면 동문이다. 동문에서 멀지 않은 곳에는 한 잔 막걸리에 취할 수 있는 식당들이 있다. 아직 해가 많이 남아 있어도, 취한다. 문득 무심당 주련 한 구절이 머릿속에서 오락가락한다.

성 안내는 그 얼굴이 참다운 공양이구요
부드러운 말 한 마디 미묘한 향이로다.
깨끗해 티가 없는 진실한 그 마음이
언제나 한결 같은 부처님 마음이라네.

— 무심당

성질머리 구부려야겠다. 입을 닫아야겠다. 툭 하면 끓어오르는 가슴이 아니라 차가운 머리로 세상을 보아야겠다. 무엇을 놓치며 살아왔는지, 진실을 보는 대신 무언가에 현혹되어 입을 먼저 열었던 건 아닌지….

말을 끊으니 술잔으로 먼저 손이 간다.

모든 악은 짓지 말고
뭇 선을 받들어 행하라
스스로 마음을 깨끗이 하라
이것이 부처님의 가르침

— 장경사 요사

산사의 주련 2

지 은 이 한민

발 행 일 2010년 5월 14일 초판 1쇄 발행

찍 은 이 한민, 양희우

펴 낸 이 양근모

발 행 처 도서출판 청년정신 ◆ 등록 1997년 12월 26일 제10-1531호

주   소 경기도 파주시 교하읍 문발리 535-7 세종출판벤처타운 408호

전   화 031) 955-4923~5 ◆ 팩스 031) 3955-4928

이 메 일 pricker@empal.com